케이

카림

예리엘

A(RIA)- II

제3지구

Vol.2

제3지구

Vol.2

윤재호 장편소설

MIND
MARK

〈제3지구〉Vol. 2 등장인물 소개

해성	8구역에서 자란 파이터이자 특수한 능력의 소유자.
아리아 4세	'빛의 기사' 전통을 이어온 아리아 가문의 후계자.
프랑수아 5세(케이)	제3지구 제국을 다스리는 황제.
헤나	해성의 오랜 친구이자 반란군인 레볼트의 전사.
카림	제3지구 제국의 군 총사령관으로 실질적인 2인자.
그레타	케이의 어머니이자, 뛰어난 실력으로 천민 출신이지만 황실의 기사단까지 진급한 인물.
데라크스 후작	루나벤켄도르 가문의 귀족이자 페르다 왕국을 실질적으로 통치하는 통치자.

제루카(루)	황실의 기사단 출신이지만 후엔 군대로 전출되어 지휘관이 되는 인물. 케이의 삼촌이자 그의 후원자.
노아	시스인과 페르다인 사이에서 태어난 혼혈이자 남성과 여성의 특징을 모두 가진 인터섹슈얼.

차례

프롤로그

인류라는 구부러진 목재에서 곧은 것이 만들어진 적은
아직 한 번도 없었다.

-임마누엘 칸트, 「세계시민적 관점에서 본 보편사의 이념」

아주 오래 전, 은하계에는 노라스단테 가문이 다스리
는 행성이 있었다. 모든 권력이 그러하듯, 노라스단테 왕
국 역시 어느 순간 쇠퇴기를 맞이하였고, 왕을 섬기던 다
섯 개의 귀족 가문이 새로운 왕국 건설에 대한 야망을 품
고 서로 싸우기 시작했다.

그중에서도 가장 격렬하게 대립한 것은 페르다 가문과
루나벤켄도르 가문이었다. 그들은 노라스단테 왕국이 세
력을 확장하며 발견한 이름 없는 행성 하나를 두고 오랜
시간 전쟁을 벌이고 있었다.

아름다운 환경을 갖춘 이 행성을 처음 발견한 것은 루나
벤켄도르 가문이었다. 자신들이 발견한 이 행성이 마음에
들었던 루나벤켄도르 가문은 그곳으로 이주하여 자신들의

터전을 일구려고 했다. 하지만 이 행성의 환경을 탐낸 가디언과 섀도우, 그리고 페르다 가문이 그곳을 침공한 것이다. 전쟁은 오랫동안 계속되었고, 루나벤켄도르 가문은 온 힘을 다해 저항했다. 그리고 그들의 소식은 시들어가는 권력의 끝을 붙잡고 있던 노라스단테 왕의 귀에도 들어갔다.

"아직 내가 멀쩡히 살아 있는데, 자기들끼리 영토를 두고 싸우고 있다고?"

노라스단테 왕은 분노했지만 그 혼자의 힘으로 할 수 있는 일은 아무것도 없었다.

"송구하옵니다만 이웃 행성에 도움을 요청해보시는 게……."

신하 한 명이 떨리는 목소리로 제안했으나, 왕의 노여움을 더욱 키울 뿐이었다.

"뭐라고! 이 행성의 지배자인 내가 이웃 행성에 도움을 구걸하라는 말이냐?"

그러자 왕위 계승자인 노라스단테 5세가 끼어들어 상황을 정리하려 했다.

"아버지, 그럼 제가 가서 도움을 청해보면 어떨까요? 왕이 직접 나서지 않으면서 그만큼 도움이 간절하다는 뜻을 전달할 수 있지 않겠습니까?"

"너는 나서지 말거라. 네가 아무리 용맹하다 한들 아직 성인도 되지 않은 왕세자일 뿐이야! 주제넘게 어딜!"

"아버지……!"

노라스단테 5세는 늙은 아버지의 판단력이 흐려진 것에 탄식할 수밖에 없었다. 이미 그들을 섬기던 가문들은 모두 등을 돌리고, 자신들의 왕국을 세울 생각만 하며 힘을 키워가고 있었다. 그가 보기엔 이 왕국이 무너지는 것은 시간 문제였으나, 왕은 수많은 후궁을 두고 치정 싸움에만 정신이 팔려 상황을 제대로 파악하지 못하고 있었다.

노라스단테 5세는 왕의 명을 거역하고 이웃 행성에 도움을 청하기 위해 길에 올랐다. 하지만 그는 다시 왕국으로 돌아오지 못했다. 노라스단테 왕은 누가 보냈는지 모를 암살자에 의해 목숨이 끊겼고, 길지 않은 역사를 이어오던 노라스단테 왕국과 그의 행성은 자연스럽게 멸망했다.

다행히 노라스단테 5세는 총명했다. 그는 이웃 행성들과 동맹을 맺어 자국민들을 다른 행성으로 이주시켰다. 그리고 그곳에서 정치력을 발휘해 새로운 노라스단테 왕국을 건설하고자 했다.

하지만 그의 노력은 새롭게 급부상한 권력자 앞에 먼지처럼 바스러지고 말았다. 그 권력자는, 루나벤켄도르 가문의 데라크스 후작이었다.

오랜 시간 치열하게 계속되었던 페르다 가문과 루나벤
켄도르 가문의 전쟁은 다소 어이없는 이유로 종결되었다.

그 계기는 루나벤켄도르 가문의 카리나 후작이 남편을
잃고 미망인 상태로 권력을 장악하면서부터였다. 혼자 살
아가며 가문의 권력을 유지하던 그녀가 선택한 재혼 상대
가 하필이면 적대관계에 있던 가문의 페르다 1세였던 것
이다.

당시 카리나 후작의 나이는 34세, 페르다 1세의 나이는
그보다 열 살 어린 24세였다. 건장한 체격에 뛰어난 검술
솜씨를 갖추고 있었고, 미남형에 현명함까지 갖춰 전쟁에
서 수많은 군중을 움직이고 부대를 이끌며 엄청난 성과를
내고 있었으니, 적이었던 루나벤켄도르 가문의 권력자인
카리나 후작마저도 그의 매력에 빠지지 않을 수 없었다.

얼핏 보기엔 전혀 어울리지 않는 두 사람이었지만, 페르
다 1세의 아버지인 존-패트릭-페르다 후작의 생각은 달
랐다. 무엇보다 이 결혼으로 치열했던 두 가문의 전쟁을
끝낼 수 있다는 사실을 거부하긴 힘들었다.

페르다 1세와 카리나 후작의 결혼으로 두 가문이 합쳐
지면서, 페르다 1세는 스스로를 황제라 칭하고 두 가문이

소유권을 두고 다투던 이름 없는 행성을 페르다 왕국이라 명명했다. 그리고 이곳에서 태어난 새로운 주민들을 페르다인이라고 불렀다. 새로운 왕국의 등장에 노라스단테 왕은 격노했지만, 이미 그가 할 수 있는 일은 아무것도 없었고, 그나마도 그가 의문의 암살자에 의해 죽음을 당하면서 노라스단테 왕국은 역사의 저 너머로 사라져버렸다.

하지만 두 가문의 결합을 모두가 기뻐하고 있었던 것은 아니었다.

루나벤켄도르 가문의 사람들 중엔 어린 남자에게 눈이 먼 카리나 때문에 페르다 가문에게 권력을 빼앗겼다고 생각하는 사람들도 있었다. 그중 가장 대표적인 인물은 카리나의 조카인 데라크스 후작이었다. 그는 조용한 성격으로 사람들의 눈에 잘 띄지는 않았지만, 영리하고 뛰어난 전략가였다. 그는 다른 사람들 뒤에 숨어서 조용히 자신의 때가 오기를 기다렸다.

전 남편과 아이가 없었던 카리나 후작은 페르다 1세와 재혼하자마자 아이를 갖기 위해 최선을 다했다. 그녀는 원래 루나벤켄도르 가문 출신이 아니라 변두리 행성의 귀족 출신이었기 때문에, 불의의 사고로 남편까지 잃은 상황에서 루나벤켄도르 가문에서 살아남기는 쉽지 않을 거라 판단했던 것이다. 그녀가 페르다 1세와의 결혼을 서두른 것엔 그런 복잡한 사정도 관련되어 있었다. 그녀는 페르다 1세와 돈독한 관계를 위해 아이를 가지려 했다.

다행히 그녀는 어렵지 않게 페르다 1세의 후계자를 잉태했다. 하지만 그렇게 태어난 페르다 2세는 아버지와는 많이 달랐다. 신체적으로 장애가 있어 로봇에 의존해 생활해야 했던 것이다. 뿐만 아니라 누구 앞에 나서는 것을 두려워할 정도로 소심하고 내성적인 성격이었다. 이에 페르다 1세는 실망스러웠고, 그래서 아들인 페르다 2세를 제대로 된 황태자로 인정하지 않았다.

페르다 2세는 그런 아버지의 시선을 견디기 힘들어 했고, 신체적으로도 정신적으로도 황제로서의 자격을 갖추지 못했다는 열등감에 시달렸다.

그렇게 페르다 2세가 정신적인 고통 속에 의지할 사람을 찾고 있을 때 나타난 것이 바로 사촌 형인 데라크스 후작이었다. 그는 타고난 전략가답게 사촌 동생의 고뇌를 들어주며 가까워졌고, 심약한 페르다 2세의 정신과 심리를 자유자재로 조종할 수 있을 정도의 믿음까지 얻게 되었다.

자식에게 만족하지 못한 페르다 1세는 아이를 더 원했지만, 10살이나 더 많은 카리나는 이후 유산을 몇 차례 겪으며 아이를 낳을 수 없게 되었다. 실망한 황제는 아리아 가문의 여성과 사랑에 빠져 비밀리에 아이를 낳았지만, 그

비밀은 오래가지 않아 데라크스 후작의 귀에 들어갔다. 무기 판매로 엄청난 부를 축적하고 있던 아리아 가문이 황제의 사생아까지 얻었으니 이는 분명 페르다 2세, 더 정확히는 그를 앞세워 향후 페르다 행성을 차지할 야망을 가지고 있는 데라크스 후작에게 커다란 걸림돌이 될 것이었다.

하지만 하늘은 데라크스 후작의 편이었다. 얼마 지나지 않아 갑자기 페르다 1세가 의문의 죽음을 맞은 것이다.

워낙 급작스러운 죽음이었기 때문에 암살설이 제기되었고, 많은 사람들이 그 배후로 데라크스 후작을 지목했다. 특히 아리아 가문과 가디언 가문에서 거센 움직임이 있었다. 하지만 루나벤켄도르 가문은 재빨리 그들에게 막대한 재산을 나누어줄 것을 약속하며 그런 움직임을 무마시켰다.

페르다 1세의 미망인인 카리나 후작이 황제는 독살이 아니라 지병으로 승천했다고 공식 발표하면서 모든 논란은 일단락되었다. 항간에는 카리나 후작이 황제의 사생아를 경계해서, 그가 세상에 드러나기 전에 황제를 처리한 조카의 무모한 행동을 눈감아준 거라는 이야기도 돌았다.

페르다 1세의 뒤를 이어 그의 아들인 페르다 2세가 왕위에 올랐다. 하지만 그는 명목 상의 황제일 뿐, 황제의 모든 권한은 데라크스 후작이 가져갔다. 그는 페르다 2세를 앞세워 자신의 권력을 확장하고 심지어 태양계 전쟁이라 불린 미개척 우주 행성 식민정책까지 진행했다. 이 정책으로 페르다 2세는 단순히 한 행성의 왕이나 황제가 아닌 여러 행성들을 지배하는 '성황'이라는 호칭을 획득했으나, 그 역시 데라크스 후작이 자신의 꼭두각시에게 붙여준 칭호에 가까웠다.

카리나는 조카의 무모한 행동을 눈감아주었지만, 그로부터 비롯된 양심의 가책과 두 명의 남편을 잃었다는 상실감에 서서히 미쳐갔다. 그녀는 결국 고향인 변두리 행성으로 돌아가 그곳에서 남은 생을 마쳤다.

비밀리에 태어난 황제의 사생아는 어떻게 되었는지 알려져 있지 않다. 데라크스 후작의 손길이 닿기 전 어딘가로 피신했다는 설도 있고, 질투심에 가득 찬 카리나가 해쳤다는 설도 있었다. 하지만 어느 누구도 정확한 진실을 알지는 못했다.

분명한 것은, 페르다 2세가 성황으로 즉위함과 동시에 페르다 왕국은 데라크스의 손에 들어가버렸다는 것이다. 그리고 데라크스 후작은 '모든 권력을 손에 쥔 자'라 불렸다.

하지만 모든 권력을 쥔 그조차 앞으로 다가올 미래를 전부 예측할 수는 없었다.

Part 1.   유년기의 끝

1.
유배지

아름다운 숲이었다. 그곳엔 다양한 색깔의 나무들이 무지개처럼 평화롭게 펼쳐져 있었고 아이들은 종종 그곳을 놀이터 삼아 자기들만의 놀이를 즐겼다.

열 살이 조금 넘었을까. 또래의 아이들이 숲 속에서 거대한 암석을 향해 달리기 시합을 했고, 그중 1등을 한 아이가 큰 소리로 외쳤다.

"내가 대장이다!"

"쳇, 또 케이가 1등이네… 나는 또 2등."

뒤따라온 아이가 말했다. 그러자 케이가 그 아이에게 나무칼을 겨누며 도발했다.

"원한다면 1등의 자리를 뺏어봐, 카림?"

카림이라 불린 그 아이도 사양하지 않고 나무칼을 꺼내

들었다. 뒤늦게 도착한 아이들은 재밌겠다 싶었는지 환호성을 지르며 구경할 자리를 잡았다. 깎아지른 듯한 절벽 밑으로 에메랄드 빛 폭포가 쏟아지는 곳에서 케이와 카림은 대결을 시작했다.

케이의 나무칼이 카림의 얼굴로 날아들었지만 카림은 방어하며 뒤쪽으로 물러났다. 하지만 스피드와 힘 모두 케이가 한 수 위였기 때문에 카림은 살짝 주춤할 수밖에 없었다. 그 틈을 노린 케이가 카림의 복부를 빠르게 가격했고, 카림은 곧장 쓰러졌다.

하지만 카림은 이번만큼은 지고 싶지 않았다. 이를 악물고 잽싸게 일어나 반격을 시작했다.

카림의 거센 공격이 케이를 밀어붙였다. 하지만 케이는 제법 여유 있게 나무칼로 카림의 공격을 막아냈다. 그러고는 반격을 시작하여 카림을 암석 끝 절벽까지 몰아붙였다.

"엇?"

케이의 나무칼이 빠르게 움직이며 결투의 승패를 결정지었다. 카림의 나무칼이 절벽 아래로 떨어진 것이다. 나무칼을 잃은 카림은 케이에게 무릎을 꿇었고, 케이의 나무칼은 카림의 목을 겨누다가 다시 그의 허리로 돌아왔다.

"하하, 어때? 이번에도 못 당하겠지?"

승리감에 취한 케이는 자신만만한 표정으로 말했다. 하

지만 밉살맞게 구는 것도 잠시, 이내 어린아이로 돌아와 친구를 향해 손을 내밀었다.

"쳇, 다음엔 내가 이길 거다!"

카림은 투덜댔지만 그의 손을 뿌리치지는 않았다.

"자, 이제 대장놀이는 그만 하고 수영이나 하자고!"

케이는 그렇게 말하고는 폭포가 흐르는 절벽 아래로 몸을 날렸다. 다른 아이들도 덩달아 물속으로 뛰어들었다.

"케이야, 어디 있니?"

모두 물속에서 즐겁게 놀고 있을 무렵, 케이를 부르는 목소리가 숲 어디에선가 들려왔다. 케이의 엄마인 그레타가 케이를 찾는 소리였다.

엄마의 소리가 들리자마자 케이는 잽싸게 물속으로 몸을 숨겼다. 하지만.

"거기 있었구나! 너 빨리 거기서 안 나와?"

군인 출신인 그레타의 날카로운 감각과 눈썰미를 피할 수는 없었다.

"알았어요. 올라가면 되잖아요."

실망 가득한 얼굴로 물속에서 나오는 케이를 향해 그레타의 쩌렁쩌렁한 목소리가 절벽 아래까지 울려퍼졌다.

"일하지 않고 남들처럼 놀기만 하면 안 된다고 몇 번이나 얘기해!"

그레타는 암벽을 타고 올라오는 아들을 반기기는커녕, 뒷통수를 두드리며 그렇게 말하고는 케이를 데리고 돌아갔다. 카림은 그렇게 광산으로 향하는 케이의 뒷모습을 보면서 빙그레 미소를 지었다. 이제부터는 자신이 이 그룹의 리더였다.

*

케이의 엄마인 그레타는 천민 출신이었다. 하지만 신분과 상관없이 능력에 따라 공평한 직위를 내리는 페르다 1세 덕분에 그녀는 황실의 기사단까지 올라갈 수 있었다.

하지만 페르다 1세가 '공식적으로' 지병으로 사망한 이후, 그레타는 황제의 죽음에 의문을 제기했다. 그녀는 페르다 1세의 죽음이 타살이라고 주장하며 부검을 요청하기도 했고, 황제를 따르던 가디언, 아리아, 그리고 섀도우 가문에게도 도움을 청하며 집요하게 그 사건을 파헤친 것이다.

그녀는 몰랐다. 이미 다른 가문들은 모두 데라크스에게 복종을 약속한 상황이라는 것을.

결국 페르다 2세가 왕위를 계승하고 난 뒤, 그녀는 기사단 신분을 빼앗기고 페르다 왕국에서 멀리 떨어진 시스 광산의 책임자로 보내졌다. 물론 그 뒤에는 데라크스 후작이 있었다.

시스 행성 또는 시스 광산으로 불리는 이 행성은 페르다 1세가 우주 여행 중에 발견한 미지의 행성이었다. 시스는 우주선에 장착하는 양자 드라이브 장비의 주원료로 쓰이는 자원의 이름이었다. 당연히 쉽게 구할 수 없었고, 몇 안 되는 귀족 가문은 위험을 무릅쓰고 시스를 축적하기 위해 미지의 행성을 탐험했는데, 이들 중에 페르다 1세가 가장 성공적인 결과를 내놓은 것이다.

자신이 발견한 행성에 엄청난 양의 시스가 매장되어 있다는 것을 알게 된 페르다 1세는 이후 그가 황제가 되었을 때 이 행성에 왕국을 이전할 계획까지 세웠었다. 하지만 시스 행성을 빌미로 페르다 가문에 지나치게 많은 부가 집중될 것을 우려한 데라크스 후작이 필사적으로 왕국 이전을 막았다. 그리고 마침내 페르다 2세가 즉위하자, 아예 그 소유권을 루나벤켄도르 가문으로 이전시켜버렸다.

루나벤켄도르 가문이 시스 행성을 소유하게 되면서 많은 것이 바뀌었다. 페르다 가문 소속일 때에 비해 채굴할 당량이 엄청나게 늘어난 것이 가장 큰 변화였다. 시스 행성의 책임자였던 그레타는 과도한 물량 요구에 시달렸고,

그녀와 함께 이곳으로 파견된 부하들도 하나둘 죽어갔다. 당연히 그녀의 몸도 예전 같지 않았다.

엄청난 에너지를 가지고 있는 광석들이 대부분 그러하듯 시스 원료 역시 인체에 치명적인 방사선을 뿜어댔고, 시스 채굴 작업을 하는 페르다인들은 시름시름 앓다 죽어가는 경우가 많았다. 데라크스가 자신을 지지하지 않는 자들을 시스 행성으로 유배시키는 이유였다.

하지만 특이하게 시스 행성에서 태어난 원주민, 즉 시스인으로 불리는 사람들은 그 방사선에 면역력을 가지고 있었다. 때문에 그레타는 시스 행성에서 태어난 자신의 아들인 케이를 종종 채굴장에 데려와 일을 돕게 했던 것이다.

"더 강하게 내리쳐!"

케이의 곡괭이질이 마음에 들지 않았는지 그레타가 소리쳤다. 군인 출신인 그녀는 아들에게 일을 시킬 때도 엄격한 태도를 유지했다. 천민 출신으로 최고의 위치까지 올라갔던 그녀는 자신의 아이도 자신처럼 강철 같은 의지를 가진 아이로 키우고 싶었다. 그것만이 자신이 추락할 때 느낀 패배감과 치욕감을 보상받는 길이라고 여기고 있었다.

하지만 케이는 그런 그녀를 이해하기엔 너무 어렸다. 그저 왜 자신은 다른 아이들처럼 마음 편히 뛰어놀 수 없는지, 그게 불만이었다.

"고생하는구나, 우리 아들."

엄마의 닦달을 들으며 힘들게 자원을 채취한 케이가 무거운 원석을 수레에 올려놓자, 케이의 아버지 요나스가 그의 머리를 쓰다듬으며 말했다.

"미안하다. 아버지가 도와야 하는데 몸이 성하지 못해서."

케이는 방사능에 오염된 아버지의 팔을 보았다. 붉은 반점으로 가득한 그의 팔은 살갗이 찢어져 뼈가 보일 정도였다.

"방호복 좀 입으세요. 왜 안 입는 거예요?"

케이는 아버지의 건강이 걱정되어 그렇게 물었다.

"난 이미 늦었단다. 그냥 고통을 피하는 게 최선이야."

요나스는 루나벤켄도르 가문의 노예 출신이었다. 그는 노예 신분에서 벗어나는 조건으로 시스 행성의 광부로 자원했다. 그가 시스 행성에 도착했을 때는 한창 젊은 나이였는데, 그때만 해도 아직 제대로 된 방호복이 없던 시기였다. 그래서 이곳에서 일하는 동안 방사능에 노출될 수밖에 없었다.

그레타가 시스 행성에 왔을 땐 방호복이 상당히 발전되어 비교적 안전하게 시스 광구에서 일할 수 있게 되었다. 하지만 그렇다고 이미 피폭된 피해자들을 다시 되돌릴 방법은 없었다.

요나스는 주머니에서 검푸른 가루가 담긴 작은 병을 꺼냈다. 시스 원료에서 나온 가루로, 부작용으로 환각 증상을 동반하는 독성 물질이었다. 하지만 요나스처럼 이미 생명을 포기한 광부들은 종종 통증을 견디기 위해 이 가루를 흡입하곤 했다. 몸에는 치명적이었지만, 그만큼 특별한 쾌감과 환각을 선물했기 때문이다. 그러다 보니 방사능에 피폭된 사람뿐 아니라 케이 또래의 어린아이들도 시스 가루를 몰래 흡입하는 현상까지 발생하고 있었다.

요나스는 나이가 많았다. 그레타와도 차이가 꽤 나는 편이어서, 얼핏 보면 케이가 아들이 아니라 손자로 보일 정도였다. 늙고 병든 요나스가 이제 이 광산에서 할 수 있는 일은, 아들이 수레에 실어준 원석을 옮기는 것뿐이었다.

그는 비틀거리며 무거운 수레를 끌고 광산 밖을 향했다. 케이는 그런 아버지의 뒷모습을 멍하니 바라보았다.

"케이! 왜 또 멍하니 있어! 얼른 일 안 하고!"

그런 케이를 향해 그레타가 소리쳤다.

"나 오늘은 그만 할래!"

갑자기 기분이 우울해진 케이가 곡괭이를 내던지며 울먹거렸다. 하지만 그레타는 아들의 어리광을 받아줄 여유가 없었다.

"쓸데없는 소리 말고, 빨리 네 일을 마치고 쉬어."

그레타는 케이가 던진 곡괭이를 집어 그의 작은 손에 쥐어주었다. 한참 동안 곡괭이를 바라보던 케이는, 끝까지 반항하지 못하고 다시 일을 시작했다.

그러나 그 순간 케이의 정신은 다른 곳을 향하고 있었다. 그 순간 케이는 다짐했다. 이 지긋지긋한 광산에서 벗어나겠다고. 케이는 마치 분풀이라도 하듯 광석을 향해 곡괭이를 있는 힘껏 내리쳤다.

한참 분노에 찬 곡괭이질을 하고 나자 원석의 파편이 떨어져 나가면서 검푸른 시스 원료 가루가 반짝거리는 것이 보였다. 케이는 그 가루를 보면서 잠시 생각에 잠겼다.

마치 케이의 마음을 읽은 듯, 근처에서 곡괭이질을 하던 광부가 자리를 뜨며 작은 병을 하나 떨어뜨렸다.

케이는 재빠르게 그 병을 주워 바닥에 떨어진 시스 원료 가루를 담았다. 그리고 서둘러 가루를 담은 병을 주머니에 넣고는 광산을 빠져나왔다.

인적이 드문 곳에서 동네 아이들을 불러 모은 케이는 시스 가루를 모은 병을 아이들에게 보여주었다. 모두들 눈이 휘둥그레졌다.

"한 번 하는데 얼마야?"

그중에 가장 호기심이 큰 아이가 물었다.

"은화 30."

"너무 비싸!"

"하기 싫으면 마. 다른 데서 이것보다 더 싸게 할 수 있으면 거기로 가."

가격에 대해 양보하지 말 것. 케이는 자신의 원칙을 분명히 했다. 결국은 자신이 부르는 게 값이라는 사실을 케이는 잘 알고 있었기 때문이다.

"잠깐만!"

그 아이는 잠시 망설이다가 아끼는 은화를 꺼내 건넸다. 케이는 병을 열어 아이의 손에 가루를 살짝 뿌려주었고, 아이는 그것을 단숨에 들이켰다.

그것이 시작이었다. 다른 아이들도 앞다투어 은화를 꺼내기 시작했다. 케이가 가져온 조그마한 병 안 가루는 금새 동이 나버렸다.

아이들은 둘러앉아 가루를 흡입하며 저마다의 황홀경에 빠졌다. 케이는 자신의 손에 쥔 은화를 바라보며 흐뭇한 표정을 지었다.

언제부터였을까. 카림이 멀찍이서 쾌락에 빠진 아이들을 바라보고 있었던 것이다. 이윽고 케이와 카림의 시선이 마주쳤다. 카림은 당황한 표정을 짓더니 도망치기 시작했다.

"거기 서!"

케이가 달려가 카림을 덮쳤다.

"그만해! 왜 이러는 거야?"

"너 왜 나를 보고 도망가는데? 다 봤지?"

"뭘 봤다는 거야? 난 아무것도 못 봤어!"

"내가 가루 파는 거 봤잖아!"

케이는 카림의 목을 누르며 계속 윽박질렀다. 숨이 막혀 얼굴이 시뻘개진 카림은 결국 인정할 수밖에 없었다.

"알았어, 봤어. 보긴 봤는데… 아무한테도 말 안 할게!"

"진짜야? 약속할 수 있어?"

"그래! 그러니까 이것 좀 놔!"

몇 번이나 재차 다짐을 받은 케이는 그제야 두 팔에 힘을 빼고 카림을 놓아주었다.

"그런데 너, 그 은화는 모아서 어디에 쓰려고?"

뻘쭘한 표정으로 일어나면서 카림이 케이에게 물었다. 케이는 천천히 산에서 내려가며 대답했다.

"페르다 왕국으로 갈 거야."

"뭐? 화물 비행선이 언제 올 줄 알고?"

"다음 달에 와. 광부 아저씨들한테 들었어. 화물을 담당하는 사람한테 은화를 주면 페르다 왕국까지 데려다준대."

"진짜?"

"그렇다니까. 너 이것도 절대로 말하면 안 돼."

"알았어. 걱정 마."

몇 번이고 다짐을 받는 케이에게 카림은 안심시키듯 말했다.

그 순간은 진심이었다. 카림은 어느 누구에게도 케이의 계획과 은화에 대해 말할 생각이 없었다.

이후 몇 주 동안 케이는 계속 시스 가루를 채취해서 동네 아이들에게 팔았다. 마침내 케이가 떠나기로 결심한 날 하루 전, 케이는 자신의 방에서 비밀 상자에 모아둔 은화들을 보며 흐뭇한 미소를 지었다.

"이제 지긋지긋한 이곳을 떠나는 거야!"

케이는 비밀 상자를 잘 안 보이는 곳에 숨겨두고 밖으로 나갔다. 시스 행성에서 보내는 마지막 밤, 친구들과 함께 신나게 놀 생각이었다. 그리고 그 생각을 하느라 그는 방 창문으로 보이는 수상한 그림자를 발견하지 못했다.

잠시 후, 케이가 떠난 방의 창문이 깨지고, 그곳으로 검은 그림자 하나가 침입해 들어왔다. 카림이었다.

카림은 케이가 숨겨놓은 상자를 열었다. 번쩍거리는 은화들이 카림의 얼굴을 비췄다. 카림은 다시 상자를 닫고 그것을 챙겨서 서둘러 방을 빠져나갔다.

2.
배반

케이는 숲에서 아이들과 마지막 기사놀이를 시작했다.

'오늘은 마지막 날이니까 카림에게 주인공을 시켜주자.'

그동안 항상 자신에게 밀려 2인자 노릇만 해온 카림에게, 케이는 약간 미안한 감정도 느끼고 있었다. 카림이 자신보다 힘과 체력이 약한 것은 사실이지만, 친구끼리는 그런 부분을 양보하고 놀 수도 있어야 하는데, 케이 역시 그러지 못했다. 하지만 떠나기 전 마지막 밤이 되자, 어느 정도 너그러운 마음이 들었다.

"카림은 어디 갔어?"

함께 호수에서 다이빙 놀이를 하다 케이가 다른 친구들에게 물었다. 하지만 아무도 카림의 행방을 알지 못했다.

'마지막 날이라서 대장 기회를 주려고 했는데, 자기가

놓친 거니까 어쩔 수 없지.'

그런 마음으로 케이는 친구들과의 마지막 시간을 만끽했다.

밤이 되자 집으로 돌아온 케이는 아무 일도 없다는 듯 부모님과 저녁 식사를 했다. 대화 한마디 없이 앞에 놓인 흰죽을 입에 집어넣는 삭막한 시간이었다. 식사를 마친 케이는 여느 때처럼 말없이 자기 방으로 돌아갔다.

그레타는 방으로 들어가는 케이의 뒷모습을 걱정스럽게 쳐다보다가, 방문이 닫히는 것을 확인한 뒤 요나스에게 말했다.

"요즘 이상한 소리가 들려."

"어떤?"

"케이가 시스 가루를 판다고 하더라고."

그 말을 들은 요나스는 별 일 아니라는 듯 식사를 계속하며 말했다.

"케이 녀석, 은화가 필요한가 보네. 뭔가 갖고 싶은 게 있겠지."

"무슨 소리야? 어린아이가 은화가 필요할 일이 뭐가 있어? 그리고 돈이 필요해도 동네 아이들한테 마약 성분을 팔아서 마련한다는 게 말이나 되는 소리야?"

"하지만 솔직히 시스 가루는 여기 사는 사람들이면 누구나 흡입하는걸. 나도 하고 있고……."

아내의 목소리가 높아진 것에 조금 당황하긴 했지만, 요나스는 여전히 케이의 행동에 별 문제가 없다는 입장이었다. 둘 사이의 의견 차이는 좁혀지지 않을 것 같았다.

하지만 케이는 주방에서 벌어지는 부모님의 말다툼에 신경 쓸 시간이 없었다. 자신의 방에 들어온 순간, 전혀 예상치 못한 일을 맞닥뜨렸기 때문이다.

깨져 있는 창문.

그것은 분명 자신의 방에 침입자가 들어왔었던 사실을 알려주고 있었다. 케이는 상자를 숨긴 곳으로 갔다. 피땀 흘려 모은, 은화가 가득 담긴 상자가 보이지 않았다.

당장 내일 화물선이 오는데, 모아놓은 은화를 몽땅 도둑맞고 말았으니 눈앞이 캄캄했다. 케이는 은화에 대해 알고 있는 사람이 누구일까 생각했다. 떠오르는 이름이 하나 있었다.

'카림은 왜 오늘 숲에 놀러오지 않은 거지?'

케이는 결심했다. 찾기만 하면 녀석의 목을 비틀어서라도 빼앗긴 은화를 되찾아올 것이다. 그리고 이 저주받은 행성에서 기필코 빠져나가고 말리라.

하지만 일은 케이의 생각대로 흘러가지 않았다.

숲에서 함께 놀던 아이들의 집을 하나씩 방문하며 카림의 행적을 수소문했지만 아는 아이는 아무도 없었다.

'그러고 보니 카림은 그냥 숲에서 만나서 놀았어. 출신이 어딘지, 어디서 사는지 확인해본 사람이 없어.'

아이들의 세계는 그랬다. 어느 날 갑자기 나타나 무리에 끼어들면 자연스럽게 섞이게 되는 것이다. 아무도 카림이 우리 동네 아이가 아니라고 의심해본 적이 없었다.

케이는 그제야 처음으로 자신의 어리석음을 후회했다. 어디서 온 누군지도 잘 모르는 아이에게 자신의 가장 중요한 비밀을 말해버렸던 것이다.

밤새 카림을 찾아 돌아다녔지만 케이는 아무런 성과도 얻지 못하고 새벽녘이 되어서야 쓸쓸히 집으로 돌아왔다.

다음 날 아침, 예정대로 페르다 왕국으로 가는 화물 비행선이 광산 근처에 도착했다. 광부들은 열심히 모은 시스 원석들을 화물칸에 실었고, 화물 책임자는 원석의 무게들을 하나씩 재어서, 그에 맞춘 은화를 광부들에게 배분하고 있었다.

"아니, 지난번엔 같은 무게에 더 많이 주셨는데요."

자신이 받은 은화가 예상보다 너무 적자 요나스는 책임

자에게 항의했다.

"시스 가치가 최근 떨어졌어. 그나마도 후하게 쳐준 거야."

화물 수송 책임자는 차갑고 사무적인 말투로 대답했다.

"아니 그래도 이것밖에 안 주시면……."

"불만이 있으면 정식으로 항의하든가. 바빠 죽겠구만. 다음!"

실망한 요나스는 고개를 푹 숙이고 그 자리를 떠날 수밖에 없었다. 그레타는 광산의 책임자로서 군인들과 함께 서서 거래를 지켜보고 있었다.

"아무리 가치가 떨어져도 이런 식으로 가격을 내려버리면 저희가 대응할 수 없습니다."

보상에 불만을 표시하는 노동자들이 계속해서 늘어나자, 보다 못한 그레타가 화물 수송 책임자에게 한마디 했다.

"그러니까 생산량을 더 늘렸어야죠."

화물 수송 책임자는 자기 일이 아니라는 듯 심드렁하게 답할 뿐이었다.

'지금도 하루 종일 일만 하느라 다들 죽을 지경이라고!'

그레타는 화물 수송 책임자를 향해 한마디 쏘아주고 싶었지만, 그는 권력자였다.

하지만 점점 더 많은 광부들이 더 크고 강하게 자신들의 불만을 표시하기 시작했다. 광부들의 말과 행동도 점점 더 격해지고 있었다.

"젠장! 가격을 이 따위로 책정하면 우린 어떻게 먹고 살라고!"

광부 중 한 명이 시스 원석을 집어던지며 소리쳤다. 다른 모든 광부의 시선이 그에게로 향했다. 하지만 그의 말이 채 끝나기도 전에 책임자를 호위하던 군인들이 칼을 꺼내들었다.

"다들 물러나. 한 번만 더 시끄러운 소리가 들리면 무슨 일이 벌어질지 몰라."

한 장교가 묵직한 목소리로 말했다. 그의 말투는 명령보다도 협박에 가까웠다.

"다들 진정하세요."

군인들의 개입으로 분위기가 살벌해지자 그레타가 중재에 나섰다.

"일단 오늘은 여기까지 하고 모두 집으로 돌아가시죠."

군인들의 칼에 겁을 먹은 광부들은 그레타의 말을 듣고 하나둘 집으로 돌아갔다. 그 모습을 본 장교는 그레타에게 한마디 쏘아붙이는 것을 잊지 않았다.

"다음부턴 저 벌레 같은 것들이 달려드는 일 없도록 해."

*

요나스는 집에 들어오자마자 받은 은화를 식탁에 내팽개치곤, 대부분의 광부들처럼 시스 가루가 주는 쾌락에 삶의 절망을 녹여내고 있었다. 그는 마약에 취해 케이가 부리나케 밖으로 나가는 것도 눈치채지도 못했다.

카림을 탓하다 밤잠을 설친 케이는 새벽녘이 되어서야 잠에 들었다. 아침이 되자 창밖으로 광산 근처에 도착한 페르다 왕국의 화물 수송선이 보였고, 케이는 잽싸게 옷을 갈아입고 전속력으로 달렸다.

가까스로 수송선 근처에 다다랐을 때, 수송선은 마지막 남은 광부들의 시스 원료 책정을 마치고 곧 떠날 채비를 하고 있었다.

"네가 여기 웬 일이니?"

케이를 발견한 그레다가 물었지만 케이의 귀에는 엄마의 목소리가 들리지 않았다. 수송선 여기저기를 급하게 둘러보던 케이는 마침내 화물칸에 서 있는 카림을 발견할 수 있었다.

"카림!"

화가 잔뜩 난 케이가 그를 불렀다. 하지만 카림은 화물선 안쪽으로 들어가며 케이의 시선을 피했다.

"카림! 이 도둑놈아!"

케이는 목이 터져라 소리를 질렀지만 안으로 들어간 카림은 다시 나오지 않았다. 카림이 자신의 기회를 완전히 훔쳐갔고, 그것이 다시 돌아오지 않을 거라는 걸 깨닫자 그제야 케이의 눈에선 눈물이 쏟아졌다. 이제 돌이킬 수 없다는 절망감에 흐르는 눈물이었다.

화물선은 모든 출입구를 닫고 천천히 하늘 위로 부상하기 시작했다. 카림을 부르느라 안전선을 넘어 화물선에 가까이 접근해 있던 케이는, 화물선이 부상하며 부는 바람에 날아가 절벽 아래로 떨어졌다.

"케이!"

그 모습을 본 그레타가 재빨리 절벽으로 달려갔다. 다행히 케이는 암벽 사이에 솟아난 나무들을 잡고 있어서 바닥까지 추락하진 않았다.

"얼른 내 손 잡아."

그레타가 손을 뻗어 아들을 끌어올렸다.

땅에 올라온 케이는 엄마에게 고맙다는 인사도 하지 않은 채, 대기권을 벗어나 별처럼 보이는 화물 수송기를 바라보았다. 그 모습이 꽤씸했지만, 그레타는 화를 꾹 참고 아들에게 물어보았다.

"너 대체 왜 그래? 무슨 일이 있는 거야?"

"카림이… 카림이 제 은화를 훔쳐갔어요."

"은화? 은화가 어디서 났는데?"

그레타는 아무 말이 없는 케이를 보며 소문이 사실이라는 것을 알았다.

"너… 시스 가루를 판다는 소문이 사실이었구나."

케이는 입을 꾹 다물었다. 엄마는 자신의 은화를 훔쳐간 카림보다 시스 가루를 팔았다는 이유로 자신에게 더 화를 내고 있었다. 케이는 자리에서 일어나 집으로 향했다. 아무하고도 얘기하고 싶지 않았다.

"너 가루를 팔아서 어디에 쓰려고 했어? 네가 왜 은화가 필요해?"

그레타는 케이를 쫓아 바로 집으로 돌아와 아들을 다그쳤다.

"여기를 떠나려고요!"

"뭐?"

케이의 대답에 그레타는 적잖이 놀란 것 같았다.

"전 이곳이 싫어요! 지긋지긋하다고요!"

참았던 울분이 폭발한 케이가 소리치고는 엉엉 울음을 터트렸다. 그레타는 갑작스런 아이의 반응에 아무 말도 하지 못했고, 그때 요나스가 다가와 말없이 다정하게 케이를 안아주었다.

비록 아무 힘 없는 무능력한 아버지였지만, 그는 그 순간 아버지가 무엇을 해야 하는지 잘 알고 있었다.

반면 그레타는 자신이 무엇을 해야 할지 몰랐다. 그냥 눈감아주기엔 터무니없는 짓을 한 아들이었지만, 어떻게 훈육해야 할지 머릿속이 텅 빈 것 같았다. 울고 있는 아들과 그를 따뜻하게 안아주고 있는 아버지. 그 둘만으로 너무 완벽해보였고, 떨어져 있는 자신은 그 가족에 필요 없는 존재처럼 느껴졌다.

갑자기 그녀의 눈에서도 눈물이 쏟아졌다. 그레타는 눈물을 감추기 위해 서둘러 밖으로 나왔다. 오늘 이 소동을 내려다보는 밤하늘은 참 무심하게도 평화롭게 빛나고 있었다.

"여기가 지긋지긋하게 싫은 건 너뿐만이 아니란다……."

그 밤하늘을 바라보며 그레타는 혼자 중얼거렸다. 누구에게도 약한 모습을 보여주지 않았던 그녀지만 한 번 흐르기 시작한 눈물을 멈출 수는 없었다.

3.
방문자

　카림이 케이의 은화를 훔쳐 페르다 왕국으로 떠난지 몇 주가 흘렀다. 시간은 모든 것을 낫게 한다고 하던가. 당장 이라도 카림을 죽이지 않으면 가라앉을 것 같지 않던 케이 의 분노도 많이 누그러졌다. 이제 케이는 예전과 같은 일 상으로 돌아와 있었고, 다른 사람들과 어울려 시스 행성에 처음으로 방문하는 데라크스 후작의 전함을 구경할 정도 로 회복되었다.

　데라크스 후작의 전함은 수송선 따위와는 비교도 할 수 없을 정도로 크고 웅장했다. 금빛으로 도색된 전함은 햇빛 을 강하게 반사해 지켜보는 사람들의 눈을 시리게 만들고 있었다.

　전함을 바라보던 케이는 문득, 자신의 옆에 서 있는 그레타를 돌아보았다. 그녀의 얼굴은 긴장감으로 매우 경직되어 있었다. 케이는 손을 내밀어 그레타의 크고 거친 손을 살며시 잡아주었다. 그레타도 아들을 힐끗 보더니 굳었던 얼굴을 잠시나마 풀었다.

거대한 전함의 출입구가 열리고, 그 안에서 데라크스 후작이 모습을 드러냈다. 그의 체구는 작았고, 얼굴은 코만 클 뿐 못난 편에 속했지만 아무도 그런 말을 입 밖에 내지는 못했다. 그의 옆에는 이번 순방에 함께 동행 중인 아리아 가문의 알렉산드라-아리아가 서 있었다. 키가 크고 아름다운 알렉산드라-아리아 옆에 있어서 데라크스 후작이 더 초라해 보이는 것 같았다.

"데라크스 후작님께서 직접 여기까지 오시다니 영광입니다!"

귀족들이 제일 앞에서 데라크스 후작을 맞이했다. 모두 미움을 사 시스 행성으로 유배당한 귀족들이었다. 그들은 이번 기회에 데라크스 후작에게 잘 보여 이곳을 벗어나려는 욕심을 숨기지 않았다.

하지만 데라크스 후작은 손을 내미는 귀족들을 투명인간 취급하며 지나쳤다.

"이게 무슨 냄새예요?"

데라크스의 옆에 있던 알렉산드라-아리아는 자기 앞에

보이는 귀족에게 그렇게 물었다.

"광산에서 나오는 시스 원료입니다."

"그럼 몸에 해로운 거 아니예요?"

그녀는 마치 독이라도 마신 듯 얼굴을 찡그리며 뒤의 시종을 향해 손짓을 했다. 시종이 다가와 실드 우산을 펼치니 투명한 에너지가 그녀 주위를 감쌌다.

"걱정 안 하셔도 됩니다. 지금 계시는 이곳은 방사능 수치가 거의 제로에 가깝습니다."

"그러니까. 전혀 없는 건 아니라는 거죠?"

알렉산드라-아리아는 마치 더러운 쓰레기장이라도 방문한 듯 요란을 떨었다.

"자, 쓸데없는 시간 낭비는 그만 합시다."

여태까지 귀족들을 무시하며 생각에 잠겨 있던 데라크스가 다시 입을 열었다.

"준비한 행사가 있으면 빨리 해치우죠. 어디로 가면 됩니까?"

데라크스의 말에 시스 행성의 귀족들은 빠르게 움직이기 시작했다. 그들은 수백 명에 달하는 데라크스 후작 일행과 시종, 경비대를 준비한 행사장으로 안내했다. 물론 행사장이라고 해봤자 그냥 조금 큰 야외 텐트였다.

텐트 안에는 최상위 시스 원료들이 방사능 보호막 안에

전시되어 있었다.

"이게 시스라는 거군요?"

"네, 맞습니다. 이 시스 행성의 광부들이 피땀 흘려 캐낸 것이죠."

설명을 맡은 귀족은 그레타 쪽으로 고개를 돌리고 그녀에게 손짓했다.

"그리고 여기 있는 그레타가 그 광부들을 잘 관리하고 있습니다. 사실상 시스 행성을 유지하고 있는 인재죠."

데라크스는 키가 큰 그레타를 힐끔 올려 보았다. 그녀는 고개를 숙이지 않고 당당히 고개를 치켜들었다. 귀족은 그레타의 뻣뻣한 태도가 불편했다.

"수고했어, 앞으로도 잘 부탁하네."

시선도 마주치지 않고, 데라크스가 무뚝뚝하게 말했다. 분위기가 다시 차갑게 얼어붙었다.

"그럼 환영회를 한번 열어볼까요?"

눈치 빠른 귀족이 분위기가 더 삭막해지기 전에 재빨리 손뼉을 쳐 공연팀을 불렀다. 온몸에 시스 원료 액을 바른 시스인들이 검푸른 악기를 들고 등장했다.

"저건 무슨 악기죠?"

시스인들이 들고 있는 악기를 보고 알렉산드라-아리아가 물었다.

"시스 나무로 만든 시얄로라는 악기입니다."

귀족 안내인이 대답했다. 하지만 데라크스는 여전히 아무런 표정도 짓지 않고 있었다.

"자, 그럼 공연을 시작하겠습니다."

귀족이 뒤로 물러서자 공연팀은 시얄로를 연주하기 시작했다. 알렉산드라-아리아는 두툼한 몸통에서 나오는 저음과 얇은 고음을 내는 시얄로에 흠뻑 빠졌다.

"돌아갈 때 시얄로를 좀 사가면 어떨까?"

악기 공연이 끝나고 이번엔 그레타가 장검을 들고 나타났다.

"한때 황실 기사단에서 복무했던 그레타의 검술 공연을 보시겠습니다!"

귀족이 그레타를 소개했다. 그 말이 끝나기가 무섭게 그레타는 황실 기사단의 검술을 시연하기 시작했다. 그녀의 키만큼 길고 무거운 장검을 들고 빠르게 휘두르는 그녀의 모습은 꽤 용맹한 여전사처럼 보였다.

공연이 고조되면서 그레타의 검은 점점 더 빠르게 춤을 추기 시작했고, 그녀의 정신은 온통 칼끝에 집중되어 있었다.

그리고 그때, 그녀의 시선 속에, 자리에 앉아 그녀를 보고 있는 데라크스의 모습이 들어왔다.

그레타는 자신도 모르게 데라크스를 향해 칼끝을 겨눴다. 딱히 의식하고 한 행동이 아니었고 거의 본능적으로 벌어진 일이었다.

가면을 쓴 기사단 중 한 명이 칼을 휘둘러 그녀의 검을 막았다. 그 순간, 그레타도 제 정신이 돌아왔다.

"죄, 죄송합니다."

주변의 분위기는 순식간에 싸늘하게 얼어붙었다. 진행을 맡은 귀족이 부리나케 사태 수습을 위해 달려왔다.

"뭔가 실수가 있었던 것 같습니다, 후작님. 부디 너그럽게 용서하시고……."

하지만 데라크스는 전혀 분노하거나 노여운 표정이 아니었다. 그는 오히려 재미있다는 듯 얼굴에 살짝 미소를 띠고 있었다.

"그거 재밌겠는데?"

데라크스는 묘한 미소를 지으며 가면을 쓴 기사와 그레타를 번갈아 바라보았다.

"둘이 붙으면… 이길 수 있겠나?"

가면을 쓴 기사는 고개를 끄덕이고는 그레타를 향해 대결 자세를 취했다.

"아니 지금 무슨……."

당황한 귀족은 어찌할 줄 몰랐다. 하지만 그레타는 도발에 맞서 전투 자세를 취했다.

'엄마! 꼭 이겨줘요.'

케이는 멀리서 주먹을 꽉 쥐고 그레타를 응원했다.

먼저 그레타의 장검이 바람을 일으키며 기사 쪽으로 날아갔다. 하지만 기사는 그레타의 공격을 가볍게 막아냈다. 길이만 놓고 보면 그레타의 검이 더 길었지만, 기사의 검은 페르다 왕국에서 가장 뛰어났던 것이다.

둘 사이 몇 번의 공격과 방어가 이어졌다. 둘은 서로 주거니 받거니 하면서 막상막하의 실력을 뽐내고 있었다. 하지만 뒤로 갈수록 그레타의 숨겨진 실력이 발휘되기 시작했다.

그녀가 내려친 장검에 기사는 중심을 잃고 휘청거렸고, 그레타는 그 틈을 놓치지 않고 발로 기사의 몸을 밀어 넘어뜨렸다. 기사는 재빨리 다시 일어서려 했지만, 그레타의 검이 그의 목덜미 앞에 이미 도착해 있었다.

"좋은 검을 쓰면 뭐해? 주인이 저 모양인데."

그레타는 그렇게 말하며 장검을 내려놓았다. 기사는 가면으로 얼굴을 가리고 있었지만, 마치 그레타는 그 가면을 꿰뚫어 그의 정체를 눈치챈 듯했다.

칼을 내려놓은 그레타는 정중히 인사하고 뒤로 물러섰다. 그 모습을 본 데라크스가 못마땅한 얼굴로 자리에서 일어났다.

"생각보다 너무 재미없는데. 난 그냥 숙소에 가서 쉬어
야겠군."

알렉산드라-아리아는 공연을 다 보고 가지 못하는 것에
아쉬움을 표하면서도, 어쩔 수 없이 데라크스를 따라 자리
를 떠났다.

숙소에 도착한 데라크스는 화가 잔뜩 나 옷을 집어 던
졌다.

"왜 이렇게 화가 나셨을까."

알렉산드라-아리아가 아무것도 모르겠다는 맑은 얼굴
로 그렇게 물었다. 데라크스는 대답하지 않았다.

건강한 남자들에 비해 키도 매우 작을 뿐더러 얼굴도 못
생긴 그는, 무술이나 검술에 있어서도 별다른 재주가 없었
다. 콤플렉스 가득한 그에게 유일한 힘은 정치적 권력이었
고, 오늘도 권력을 이용해서 자신을 겁에 질리게 한 여자
를 혼내주려고 했는데 실패했다.

"내가 여기 오기 싫다고 했잖아!"

"겨우 검술 시연 때문에 겁을 먹으신 거예요?"

"누가 검술 시연 때문이래? 아니라고! 난 겁쟁이가 아
니야!"

"그럼 왜 그러실까? 화 풀어요."

알렉산드라-아리아는 자신이 데라크스를 너무 자극했다고 생각했는지, 태도를 바꾸어 다정한 얼굴로 그를 살며시 안아주었다.

*

데라크스-루나벤켄도르, 흔히 데라크스 후작이라 불리는 이 자는 태어날 때부터 몸이 약했고 어렸을 땐 잦은 병치레에 시달리기도 했다. 심지어 아버지의 재혼으로 어머니와 떨어져 살아야만 했던 그는 애정 결핍을 느끼기도 했다.

그의 아버지 리오-루나벤켄도르 5세는 가문의 다른 라이벌들을 모두 제치고 후계자가 되었다. 그는 첫 번째 부인과의 사이에서 낳은 아들에 대한 기대가 컸지만, 부인은 알코올 중독자였고, 아들인 데라크스는 자신과 달리 체구가 왜소했다. 그는 부인을 외딴 행성으로 보내고 이복 동생과 재혼하여 다른 아들을 낳는 선택을 했다.

그렇게 태어난 둘째 아르곤-루나벤켄도르는 그의 이복형인 데라크스와는 모든 면에서 달랐고, 아버지의 기대를 충족시키기에 충분했다. 체력이 좋았고 무술과 검술에도 뛰어난 재능을 가지고 있었다. 아르곤이 아버지의 사랑과 관심 속에 성장하고 있는 동안, 데라크스는 장애를 가진 페르다 2세와 어울리며 아픔을 달래고 있었다.

예상대로 리오는 후계자로 아르곤을 지명했다. 아르곤의 나이가 17세가 되던 해의 일이었다. 조금 이른 나이였지만 지병을 앓고 있던 리오는 서둘러 다음 세대를 준비하고 있었다.

하지만 그 성급함이 비극을 불러왔다. 아르곤의 그림자에 항상 가려져 있던 데라크스를 전혀 고려하지 않았던 것이다. 참을 수 없는 치욕감을 느낀 데라크스는 아르곤이 마시는 물에 수면제를 넣었다. 그리고 정신을 잃고 잠든 이복형제를 수십 차례 칼로 찔러 살해한 후 시신을 묻었다.

리오는 사라진 아르곤의 행방을 찾아 헤맸다. 하지만 그에게 들려온 것은 너무 어린 나이에 후계자가 된 아르곤이 그 압박을 이기지 못하고 도망쳐버렸다는 루머 뿐이었다. 물론 그것은 데라크스가 만든 거짓 소문이었다.

그 와중에 리오의 이복동생의 아이, 즉 조카인 페르키아-루나벤켄도르는 가문의 수장이 되기 위해 자신의 지지세력을 늘리기 시작했다. 가장 강력한 라이벌이었던 아르곤이 어느 날 갑자기 사라져버렸으니 당연한 결과였다. 이에 위기감을 느낀 리오는 그래도 자신의 핏줄인 데라크스를 후계자로 지명하고, 그에게 모든 권력을 내주었다.

이에 화가 난 페르키아는 전쟁을 선언했다. 싸움이 시작되면 데라크스가 이길 거라 생각한 사람은 거의 없었기 때문에 페르키아의 세력이 점점 더 커지기 시작했다.

하지만 영악한 데라크스는 이 시점에 황제를 끌어들여 그의 적대세력들을 페르다 2세에게 맞서는 반역자들로 만들었다. 결국 이런 방식으로 데라크스는 자신의 적들을 완벽하게 숙청할 수 있었다.

그렇게 모든 라이벌을 해치우고 루나벤켄도르 가의 1인자가 된 데라크스는 황실에서 어둠의 정치를 시작했다. 그리고 제 버릇을 버리지 못한 채 이후에도 황제의 곁에서 수단과 방법을 가리지 않았고, 암살 또한 계속 일삼았다.

4.
뜻밖의 습격

집에 돌아온 케이는 저녁을 먹으며 오늘 엄마의 모습을 반추하고 있었다.

'근데 왜 엄마는 그 기사를 그렇게 빤히 쳐다봤을까?'

케이는 그레타가 가면을 쓴 기사를 한참 동안 쳐다본 것을 놓치지 않았다. 그리고 그 이유가 몹시 궁금했다.

"엄마, 오늘 가면을 쓴 기사 누군지 아세요?"

"쓸데없는 거 묻지 말고 밥이나 먹어. 넌 몰라도 되는 사람이야."

이미 식사를 마친 요나스는 그런 대화를 신경 쓰지 않고 묵묵히 자신의 빈 접시를 치워 설거지통에 가져다 두었다.

그때였다. 누군가 문을 두드렸다.

"누구지? 올 사람이 없는데."

요나스는 그렇게 중얼거리면서도 나가서 문을 열었다. 그리고 그것이 그가 남긴 마지막 말이 되고 말았다.

문앞에 서 있는 것은 데라크스의 군인들이었고, 그들은 문을 열어준 요나스의 심장을 망설임 없이 찔렀다.

"아버지!"

케이가 소리치며 요나스를 향해 달려갔다. 그레타는 본능적으로 식탁을 들어 군인들을 향해 던졌고 그 틈에 장검을 찾아 들었다. 그녀의 집에 침입한 군인들의 머리가 바닥에 떨어졌다.

"아버지⋯⋯."

케이는 쓰러진 요나스를 끌어안고 울고 있었다. 하지만 요나스는 이제 더이상 이 세상에 사람이 아니었다.

창밖으로 무기를 든 다른 군인들이 집으로 다가오고 있었다. 그중에는 낮에 자신과 대결을 벌였던 기사도 있었다.

그레타는 울고 있는 아들에게 말했다.

"케이, 도망가! 빨리!"

"싫어요! 난 여기서 아빠랑 같이 있을 거예요!"

"내 말 들어! 지금 뒷문으로 도망치지 않으면 다 죽어!"

그레타가 소리쳤지만 케이는 발걸음이 떨어지지 않았다. 아버지는 죽었고 어머니는 여기에 있는데 어디로 가란 말인가?

케이가 계속 머뭇거리자, 그레타는 장검을 높이 치켜들었다.

"지금 도망가지 않으면 내 손에 죽어."

"어… 엄마!"

"네가 저놈들한테 무슨 꼴을 당할지 몰라! 그럴 바엔 지금 여기서 죽는 게 나을 수도 있어!"

그레타는 눈물을 그렁거리고 있었다. 그제야 케이도 그녀의 진심을 느낄 수 있었다.

"어서 가라고!"

케이의 눈에서도 눈물이 흘렀다. 그레타는 케이에게 어서 떠나라는 듯 장검을 그의 옆으로 내려쳤다. 케이는 칼을 피해 뒷걸음질치며 일어섰다. 그리고 더이상 망설임 없이 뒷문으로 달려갔다.

집을 뛰쳐나온 그는 뒤돌아보지 않고 야산을 향해 뛰었다.

케이가 떠난 것을 확인한 그레타는 죽은 요나스의 얼굴을 보았다. 언제나 사이가 좋았다고는 말할 수 없었지만, 그녀에겐 시스에서의 유배 생활을 견딜 수 있게 도와준 고마운 사람이었다. 이렇게 허무하게 죽어버렸다고 생각하니 화가 치밀어 올랐다.

하지만 분노할 수 있는 시간은 그리 길지 않았다. 어느새 레이저 포를 든 군인 넷이 근처로 다가와 그레타의 집을 겨냥하고 있었던 것이다. 어두운 밤 굵은 레이저 포의 섬광이 주변을 밝히고 거대한 굉음과 함께 그레타의 집을 박살냈다.

무너진 집 안쪽으로 군인들이 접근했다. 선두는 가면 쓴 기사가 차지하고 있었다.

가면 쓴 기사는 무너진 집의 파편 사이에서 그레타를 찾아냈다. 그녀는 큰 부상을 입었지만, 기적적으로 아직 살아 있었다.

"데… 데라크스가 보낸 거야?"

그레타가 온힘을 짜내 물었지만, 기사는 질문에 대답하지 못했다.

"검술은 여전히 엉망이더군."

그 말에도 기사는 반응하지 않았다. 쓰러진 그레타를 잠시 내려다보던 그는 말없이 손을 내밀었다. 하지만 그레타는 그 손을 붙잡지 않는 대신 침을 뱉어주었다.

"내가 돌아갈 곳은 이젠 없어. 황제의 기사는 섬기는 자를 배신하지 않으니까."

"그럼 내가 할 수 있는 건 마지막 고통을 덜어주는 것밖엔 없군."

그레타는 파편에 깔려서 죽을 시간만을 기다리고 있었

다. 그가 내미는 손길을 붙잡았다면, 함께 가서 치료를 받고 살아남을 가능성도 있겠지만 그녀는 도움을 거절했고, 이젠 고통 속에 죽어가는 일밖에 남지 않았다.

그 순간, 뒤에서 들려온 당찬 목소리가 그의 행동을 막았다.

"우리 엄마한테서 당장 손 떼!"

어느새 케이가 다시 돌아와 기사를 향해 자신의 나무칼을 겨누고 있었다.

"케이! 왜 왔어!"

쓰러져 있던 그레타가 안타까운 목소리로 외쳤다.

"나는 더이상 엄마 아빠를 두고 도망가지 않을 거예요. 우리 가족은 내가 지킬 거니까!"

케이는 겁쟁이로 살기보다 싸우다가 죽는 것을 택했다. 그레타가 보기에 그것은 무모한 용기였지만, 그게 케이의 본능이기도 했다.

"케이라고?"

가면을 쓴 기사가 의아해하며 케이의 얼굴을 한동안 지켜보았다. 그는 아이의 얼굴이 왠지 낯이 익다는 것을 깨달았다.

"관심 갖지 마, 루. 당신이 생각하는 그 아이 아니야."

그레타는 힘겨웠지만, 그에게 경고하는 것을 잊지 않았다.

케이는 가면 쓴 기사가 자신을 주시하는 것에 신경을 쓰지 않았다. 대신에 집을 부수고 엄마를 저렇게 만든 군인들을 향해 달려들고 있었다. 하지만 케이가 들고 있는 나무칼은 최신 무기로 무장한 군인들 앞에서 장난감에 지나지 않았다. 나무칼은 금세 부러졌고, 군인들은 자신들을 공격한 케이를 잔인하게 짓밟았다.

"하지 마! 하지 말라고!"

고통에 찬 케이의 목소리를 들은 그레타는 가만히 있을 수 없었다. 그녀는 마지막 남은 힘을 쥐어짜 파편 더미를 들어 올리고, 다시 한번 장검을 든 채 군인들을 향했다.

순식간에 벌어진 일이었다. 그레타의 검이 그녀의 아들을 괴롭히던 군인들의 목을 모조리 베어버렸다. 그들은 모두 최신 무기로 무장하고 있었지만 그 무기를 꺼낼 시간조차 없던 것이다.

"대단하군, 정말. 그 몸으로⋯⋯."

루는 고개를 절레절레 흔들며 다시 검을 꺼냈다.

"기어이 내 손으로 마무리를 짓게 만들 셈인가?"

그레타는 차갑게 비웃었다.

"길가다 발을 헛디뎌 죽을지 몰라도, 네놈 검에 죽을 리는 없어!"

그녀는 야수처럼 날카롭게 움직이며 가면의 기사를 다

시 한번 쓰러뜨렸다. 그녀의 장검은 기사의 얼굴 앞쪽 허공을 갈랐고, 가면이 두 조각 나면서 감춰져 있던 얼굴이 드러났다. 그의 얼굴 한쪽에 난 칼자국이 표정과 함께 살짝 일그러졌다.

"오랜만이네, 그 얼굴을 보는 게."

그레타는 그렇게 중얼거린 뒤 장검을 치켜들었다. 마치 최후의 일격을 통보하듯.

하지만 그 순간 어디선가 레이저가 날아와 그녀의 복부를 관통했다.

"그레타!"

군인들의 저격도 이어졌다.

"안 돼!"

조금 떨어진 곳에 서 있던 케이도 비명을 지르며 달려왔지만 이미 늦었다. 그렇게 케이는 그날 밤 아버지에 이어 어머니도 잃었다.

늦은 시각. 데라크스는 자신이 보낸 자들의 결과 보고를 기다리느라 잠을 자지 않고 있었다. 그리고 누군가 그의 숙소 문을 두드린 것은 그가 생각했던 것보다 더 늦은 시간이었다.

데라크스가 문을 열자, 그곳에는 반쯤 부숴진 가면을 쓴 기사가 서 있었다.

"죄송합니다. 데라크스님."

"그 얼굴, 오랜만이군."

한참 동안 기사의 얼굴을 뚫어져라 바라보던 데라크스는 퉁명스러운 말투로 그렇게 말했다.

"죄송합니다. 가면이 그만……."

황제를 보위하는 기사단은 얼굴을 드러내지 않는 것이 원칙이었다. 황제에게 얼굴을 보여주는 것이 금지되어 있기 때문에 자연스럽게 가면을 쓰는 전통이 자리 잡게 되었던 것이다.

그러나 데라크스 후작은 사소한 문제엔 신경을 쓰지 않았다. 그가 궁금한 것은 그들이 임무를 얼마나 잘 완수했느냐였다.

"그레타는 어떻게 됐어?"

"잘 처리했습니다."

군더더기 없는 깔끔한 대답에 데라크스는 흡족한 미소를 지었다.

"아이도?"

이번엔 아까와 반응이 달랐다. 머뭇거리고 있었다.

"그 아이는… 게르케이의 아이였습니다."

"뭐?"

"어리지만 게르케이의 얼굴을 빼다 박았더군요. 그 얼굴을 본 순간, 차마 해치울 수는 없었습니다."

기사는 데라크스의 명령을 어겼다. 데라크스는 부하들이 자신의 질문에 길게 대답하는 것을 원하지 않았다. 그가 원하는 대답은 항상 하나였다.

임무를 완수했습니다.

"그래서… 어쩌겠다는 건가?"

"제가 키워보고 싶습니다."

데라크스는 전혀 예상하지 못한 대답에 당황했다.

"자네의 아이도 아닌데 아이를 키운다는 것은 쉬운 일이 아니네."

"사관학교에 보낼 생각입니다. 게르케이의 아이이니 만큼 사관학교에서 제대로 된 교육만 받으면 분명 루나벤켄도르 가문의 훌륭한 군인이 될 겁니다."

"그래도 난 그레타의 손에 자랐다는 사실이 못내 마음에 걸리는데."

"걱정 마십시오. 우리 사관학교가 어떤 곳인지 잘 아시지 않습니까? 분명 데라크스 님께도 큰 도움이 될 겁니다."

"만약 그 아이가 문제를 일으킨다면, 자네는 어떻게 책임질 텐가?"

"제 목숨을 걸겠습니다."

기사의 결연한 맹세에 잠시 둘 사이에 침묵이 흘렀다. 그가 목숨까지 걸었음에도 불구하고 데라크스는 여전히 불안했다.

'그놈의 예언만 아니었다면…….'

데라크스가 겁쟁이라는 소문이 돌 정도로 만사에 조심하게 된 것은, 섀도우 가에서 그의 운명에 대해 한 예언 때문이라는 설이 지배적이었다.

예전에 그가 섀도우 가의 예언자를 처단할 때 그에게서 들은 예언이었다.

"악마의 피를 가진 자가 루나벤켄도르 가문을 멸망시키리라. 그는 피에 굶주린 짐승들을 이끌고 왕국을 파멸시키리라."

얼핏 들으면 예언이 아니라 저주처럼 느껴질 정도로 섬세한 내용이었다. 그런데 죽어가면서 그렇게 말하는 예언자의 눈엔 알 수 없는 광기가 가득 차 있었고, 그 눈빛을 본 데라크스는 자신도 모르게 그의 예언에 사로잡혀버렸다.

이후 데라크스는 자신에게 위협이 될 만한 존재를 만나면 아이든 어른이든 가리지 않고 처리하기 시작했다. 특히 자신에게 전쟁을 일으켰다가 항복한 페르키아-루나벤켄도르 가의 경우엔 3대손까지 몰살하는 잔혹함을 보이기도 했다. 섀도우 가문의 예언은 반드시 일어난다는 속설이 오

래 전부터 전해 내려오고 있었기 때문에, 그의 그런 강박
은 점점 더 심해지고 있었다.

오늘 굳이 그레타를 해치우고자 한 것도 그런 강박 때문
이었다. 그런데 지금 그녀의 자식을 키우겠다고? 그것도
사관학교에 보내서?

"게르케이의 아이입니다. 절대로 후작님께 해가 되지
않을 겁니다."

망설이는 이유를 짐작한 가면의 기사가 다시 한번 덧붙
였다. 게르케이는 페르다 1세의 암살에 결정적인 역할을
한 인물이고, 데라크스의 절대적 신뢰를 받은 유일한 인물
이기 때문에 그 점을 다시 한번 상기시켜준 것이다.

"알았네. 들어가서 쉬게."

데라크스는 결국 쓴 입맛을 다시며 그렇게 말할 수밖에
없었다.

*

게르케이는 황제의 기사단 중 한 명이었다. 검술로는 기
사단 내에서 그레타와 쌍벽을 이룰 만큼 뛰어났다. 하지만
그는 황제의 기사단이기 전에 루나벤켄도르 가에 충성을
맹세한 군인이었다. 데라크스가 페르키아와의 전쟁에서

승리한 뒤 호아실로 입성했을 때 그와 가까워진 게르케이는, 결국 데라크스의 뜻을 따라 황제 암살에 가담할 수밖에 없었다.

원래 루나벤켄도르 가에 충성을 맹세한 사람이었기 때문에 황제의 기사단이면서 황제 암살에 가담하는 것에 대해서도 그는 거리낌이 없었다. 하지만 그런 그에게 단 하나의 약점이 있다면, 바로 천민 출신인 그레타를 사랑했다는 것이었다.

그레타가 황제의 부검을 의회에까지 요청하자, 그는 그것을 막기 위해 그레타를 설득해야만 했다. 자신이 그녀를 사랑하는 만큼 그녀도 자신을 사랑할 것이라 믿었던 그는 자신의 죄를 고백하고 그레타를 설득하려 했지만, 돌아온 것은 그를 향한 그녀의 검 뿐이었다.

"지금이리도 데라크스 후작이 배후에 있다는 것을 실토해. 그럼 정상 참작을 해줄 거야."

그레타는 차가운 눈빛으로 그에게 자수를 권했다.

"그레타. 난 루나벤켄도르 가문에 충성을 맹세했어. 내겐 그게 먼저라고!"

"그럼 우린 서로 갈 길이 다른군."

그레타는 검을 꺼내 게르케이를 향해 뻗었다.

"지금부터 당신은 더이상 황제의 기사단이 아냐. 나에 겐 반역자일 뿐이지. 나 그레타는 황제의 기사단으로서 반 역자 게르케이를 처단할 것이다. 검을 들어라. 네가 사는 길은 나를 죽이는 것뿐이다."

게르케이는 슬픈 눈으로 그레타를 바라보았다.

그가 바라는 것은 단 두 가지였다. 자신이 충성을 맹세 한 가문을 위해 최선을 다하는 것. 그리고 그가 사랑하는 사람과 함께 남은 생을 보내는 것.

하지만 그 두 가지는 양립할 수 없었다.

"그레타! 제발 내 말을 들어봐!"

그러나 그에게 날아온 건 그레타의 날카롭고 묵직한 검 이었다.

결국 게르케이는 죽음을 맞이했다.

싸우는 내내 게르케이에게도 유리한 순간이 있었다. 그 때 모질게 검을 내밀었더라면, 어쩌면 그가 아닌 그레타가 무덤에 묻힐 수도 있었을 것이다. 하지만 황제를 죽이는 것에 거리낌이 없었던 그는 자신이 사랑하는 여자에게는 상처 하나도 입힐 수 없었던 것이다.

게르케이를 너무나 아꼈던 데라크스 후작은 그의 죽음 에 분노했다. 그리고 황실에서 허가하지 않은 대결을 벌인 그레타를 몹시 질책했다. 여러 이유가 있었지만, 이날의 일은 그녀가 시스 행성으로 유배되게 된 가장 결정적인 계기가 되었다.

시스 행성에 도착한 후에야, 그레타는 게르케이의 아이를 가졌다는 사실을 알았다. 다행히 이후 만난 남편은 그녀의 사정을 모두 이해해주었고, 아이도 친자식처럼 대해주었다.

그레타는 요나스의 다정함 속에서 과거를 잊고 새로운 삶을 살아갈 수 있었다. 다시 나타난 데라크스 후작이 그 모든 것을 파괴하기 전까지는.

5.
출생의 비밀

차가운 바람이 불어오는 동굴 속. 정신을 잃고 누워 있던 케이가 눈을 떴다. 그 옆에선 누군가가 모닥불을 피우고 사냥감을 굽고 있었다. 따뜻한 기운과 고기 냄새에 이끌린 케이는 자리에서 일어나 그에게 다가갔다.

"누구……?"

그는 대답하지 않았다. 하지만 그의 옆쪽, 동굴 벽에 놓인 기사단 갑옷과 검, 그리고 부숴진 가면을 보고 케이는 그 사람의 정체를 알 수 있었다.

"당신이 왜……!"

그는 가면을 쓴 기사였다.

"배고플 텐데… 같이 먹을 건가?"

가면을 쓴 기사는 잘 익은 사냥감의 다리 부분을 뜯어

케이에게 권했다. 하지만 케이는 대답 대신 바닥의 돌을 집어 들고 그에게 달려들었다. 하지만 기사는 그런 케이를 가볍게 쳐냈고, 케이는 땅에 뒹굴 수밖에 없었다.

케이는 포기하지 않았다. 다시 돌을 들고 달려들었지만 결과는 같았다.

"아악! 젠장!"

케이는 분함을 이기지 못하고 소리를 질렀다. 동굴 속이 케이의 절규로 가득 찼다.

"복수를 하고 싶으면 힘부터 키워야지."

기사는 고기를 씹으며 그렇게 말했다. 케이는 분노에 씩씩 대며 그런 기사를 쏘아보았다.

"왜! 왜 나만 살려둔 거야! 엄마, 아빠를 다 죽였으면서!"

"그레타와 그 남편을 죽인 건 내 뜻이 아니다. 난 명령을 따랐을 뿐이야."

"명령이라면 무슨 짓이든 하는 거야?"

"아니."

기사는 케이의 눈을 빤히 바라보며 대답했다.

"너를 죽이라는 명령은 따르지 않았거든. 대신 거래를 했지."

"나를 살리기 위해 거래를 했다고? 대체 왜?"

"넌 루나벤켄도르 가문의 아이니까."

전혀 예상치 못한 이야기에 케이는 깜짝 놀랄 수밖에 없었다.

"대체 무슨 소리를 하는 거야? 나는 시스인이야!"

"넌 내 형, 게르케이-루나벤켄도르의 아이다."

"말도 안 돼."

"나는 네 숙부쯤 되는 제루카-루나벤켄도르고."

"내 아버지는 페르다인 요나스야! 이상한 소리로 날 헷갈리게 하지 마."

케이는 제루카가 하는 얘기를 전혀 받아들일 수 없었다.

"그레타는 네가 시스인으로 자라길 바랐던 모양이더군."

"듣기 싫다고!"

"내 형인 게르케이는 네 엄마가 사랑했던 남자였다. 하지만 동시에 황제의 기사단인 그녀에겐 용서할 수 없는 배신자였지."

"닥치라고!"

더이상 참을 수 없었던 케이는 벽에 세워둔 제루카의 검을 잡으려 했다. 하지만 아이의 힘으로는 들 수 없었다. 끙끙대며 애를 쓰던 케이는 자기 맘대로 되지 않자 악을 쓰며 소리를 질렀다. 마음속에서 터져 나온 울분이있다.

"거봐. 칼 하나도 제대로 못들면서 무슨 복수야."

제루카는 다시 한번 고기를 내밀었다.

"복수하고 싶으면 일단 와서 먹어. 그리고 강해져라. 내가 알려주는 첫 번째 교훈이다."

케이는 여전히 분노하고 있었지만 허기진 배는 강력하게 음식을 요구하고 있었다. 그는 차가운 태도로 제루카가 준 고기를 낚아챘다. 그러고는 벽을 보면서 짐승처럼 먹기 시작했다.

"네 어머니는 나를 루라고 불렀다."

제루카의 말에 케이는 대답하지 않았다.

"원한다면 너도 그렇게 불러라."

케이는 여전히 아무 말도 없이 먹는 것에만 집중하고 있었다. 그의 귀에는 제루카의 말이 들리지 않았고, 그의 머릿속에는 오직 강해져서 복수하겠다는 생각만 가득했다.

*

시스 행성에서 일정을 모두 마친 데라크스는 다시 페르다 왕국으로 돌아왔다. 그리고 돌아오는 데라크스의 전함에는 알렉산드라-아리아가 구한 다양한 종류의 시알로와 그것을 연주할 연주자들이 함께 타고 있었다.

그리고 제루카의 보호를 받으며 탑승한 케이도.

그렇게 떠나고 싶었던 시스 행성이었는데, 막상 어머니와 아버지를 모두 잃고서 그 소원을 이루니 마음이 좋지 않았다. 하지만 그럼에도 불구하고 꿈꾸었던 페르다 왕국에 도착해 전함과 전투기들을 바라보니 자연스럽게 그 화려함에 취해 넋을 잃을 수밖에 없었다.

"멋져 보이나?"

정신을 못 차리고 메카닉을 바라보는 케이의 어깨 위에 데라크스가 손을 올리며 말했다.

"만약 네가 사관학교를 잘 마친다면 저 중에 하나를 몰게 될 수도 있겠지."

케이는 바짝 긴장한 채로 그 말을 그냥 듣고 있었다.

"너도 루나벤켄도르 가문의 일원이 되었으니 알아두어야 할 게 하나 있다."

"……?"

"명심해라. 우리 가문 사람들은 어떤 일이 있어도 집안을 배신하지 않는다."

"알겠습니다."

"이유가 궁금하지 않나?"

"가문의 명예를 중요시해서…?"

"아니. 가문의 배신자는 모두 산 채로 화형에 처해지기 때문이다."

그 말을 들은 케이는 아무 말도 하지 않았다.

"머릿속에 잘 새겨두기를 바란다, 꼬마."

데라크스는 케이의 머리를 쓰다듬은 뒤 사라졌다. 멀리서 두 사람의 대화를 지켜보던 제루카가 재빨리 케이에게 다가가 어깨를 토닥여주었다.

"두렵겠지만 그건 당연한 거다. 두려움을 피하지 마. 두려워야 더 강해질 수 있으니까."

"두려운 게 아니예요."

케이는 고개를 저었다.

"그럼 왜 지금 온몸을 떨고 있지?"

"저한테 저렇게 뻔뻔스러운 협박을 하는 게 화가 나서죠."

제루카는 케이의 당돌한 대답에 흠칫 놀랐다. 어리지만 그가 동경했던 형, 게르케이의 용맹함을 쏙 빼닮았기 때문이다.

'어쩌면 이 아이는 내 생각보다 훨씬 큰 그릇일지 몰라.'

그는 케이의 얼굴을 바라보며 그런 생각을 하고 있었다.

데라크스 후작 일행은 에어 모빌을 타고 그의 저택으로 향했다. 황실만큼이나 거대하고 웅장한 그의 저택엔 수천 명의 하인들과 경호병, 심지어 사병들까지 상주하고 있었다.

데라크스는 과학자들과 함께 신무기까지 개발 중이었

다. 그의 연구팀이 개발하고 있는 레이저 건과 레이저 포는 페르다 왕국의 무기체제를 완전히 바꿔놓을 수 있는 것이었다. 플라스마-X 같은 무기는 엄청난 에너지원이 요구되기 때문에 전함이나 전투기에 장착해야만 했는데, 그가 개발 중인 레이저 건은 누구나 휴대할 수 있었다.

그러다 보니 제루카처럼 구식 무기에 의존하는 기사단의 위치는 위태로워지고 있었다.

데라크스 후작이 에어 모빌에서 내리자 군인들이 모두 그에게 예를 표했다. 그를 기다리는 것은 그들만이 아니었다. 휠체어를 탄 페르다 2세가 사촌 형을 맞이하러 나와 있었다.

"폐하! 여긴 어쩐 일로 오셨습니까?"

황제를 발견한 데라크스가 재빨리 무릎을 꿇으며 예를 표했다.

"오래 떠나 있던 사촌 형이 빨리 보고 싶어서 왔지. 시스 행성은 어땠어? 얘기 좀 해봐."

"하하… 차차 안에서 얘기를 나누시지요."

데라크스는 여유 있게 황제를 안쪽으로 안내했다. 황제는 데라크스를 따라가며 데라크스의 일행을 한 번 쭉 훑어보았다. 그의 시선에 제루카 옆에 있던 케이가 들어왔다.

"저 아이가 그 애인가?"

"네, 맞습니다."

"시스에서 태어났다고?"

"네."

전동 휠체어를 탄 황제는 민망할 정도로 케이를 자세히 뜯어보며 신기하다는 듯 말했다.

"시스인이라면 방사능 때문에 우리랑 다를 줄 알았는데, 그건 아니군."

황제는 그렇게 말하며 신기한 표정을 감추지 못했다. 하지만 케이는 자신을 별종 취급하는 그런 황제의 시선이 부담스럽고, 또 싫었다.

하지만 그건 시작일 뿐이었다.

그날 저녁, 데라크스 후작의 대저택에서는 웅장한 파티가 열렸다. 파티를 주관한 것은 알렉산드라-아리아로, 페르다 왕국의 귀족들은 귀환한 데라크스를 만나기 위해 하나둘 씩 파티장에 모였다. 그들이 도착해서 가장 큰 관심을 보이는 것은 대저택 중앙, 방사능 보호막 안에 전시된 최고급 시스 원석이었다.

"이것이 말로만 듣던 시스 원석이군요! 듣던대로 아름다워요!"

그때 휠체어에 앉은 페르다 2세가 등장하자 귀족들은

모두 일렬로 서서 격식을 차린 인사를 올렸다. 데라크스와 알렉산드라-아리아가 황제의 뒤를 따라 연회장에 등장했다. 데라크스는 황제의 옆에 자리를 잡았고, 알렉산드라-아리아는 귀족들 앞에 마련된 연단 쪽으로 걸어갔다.

그녀의 큰 키와 압도적인 미모에 모두의 시선이 자연스럽게 그녀에게 향했다.

"시스에서 가져온 특별한 악기! 시얄로 연주회가 있을 예정이니 자리에 앉아주세요!"

그 말에 귀족들이 모두 앞에 마련된 관람석에 앉았다.

모든 청중이 준비된 것을 확인한 알렉산드라-아리아가 손짓으로 연주자들을 불러들였다. 모두 시스에서 직접 데려온 전문 연주자들이었다. 그들이 연주를 시작하자, 시얄로에서 흘러나오는 아름다운 선율이 모든 이의 귀를 사로잡았다.

"오, 놀라워!"

시얄로 소리에 매료된 것은 귀족들만이 아니었다. 페르다 2세 또한 연주를 들으며 눈물을 흘리고 있었다.

"그 정도입니까?"

페르다 2세가 감탄하는 모습을 보며, 의아해진 데라크스가 물었다. 그에게 음악이란 그냥 소리의 일종일 뿐이었다. 이걸 듣고 마음에 변화가 생긴다니, 그는 신기할 따름이었다.

"응. 정말 아름다워. 태어나서 처음 들어보는 소리야. 꼭 내 마음을 만져주는 것 같아."

데라크스는 생각했다. 심약한 페르다 2세를 더 무력하게 만들 수 있는 방법을.

"그럼 이번 기회에 악기를 배워보시는 건 어떻습니까?"

"그래! 좋은 생각 같아!"

페르다 2세가 음악에 빠진다면 그만큼 정치에서 멀어질 것이고, 데라크스 본인의 권한은 더 커질 것이었다. 이미 갖고 있는 권력도 충분히 컸지만 그의 욕심은 끝이 없었다.

한편 케이는 그들로부터 조금 떨어져 파티장을 어슬렁 거리고 있었다.

"네가… 시스에서 온 개냐?"

귀족의 자녀들이 그런 케이를 발견하고 말을 걸어왔다.

"우리 엄마가 그랬어. 이 애가 맞대."

케이가 질문에 채 대답하기도 전에 먼저 대답하는 당돌한 여자애가 있었다. 케이는 누구인가 싶어 그 아이의 얼굴을 빤히 쳐다보았다. 지금까지 한 번도 본 적 없는 귀엽고 예쁜 아이, 아리아 3세였다.

순간 자기도 모르게 케이의 심장이 두근대고 볼이 빨개

졌다.

"너 손에서 불도 나오고 그러지 않아? 시스인은 몸에서 방사능을 뿜는다고 하던데?"

짓궂은 표정의 귀족 아이 한 명이 케이를 놀려댔다. 그러자 옆에 있던 아리아 3세가 눈을 반짝이며 물었다.

"정말?"

아리아가 크고 예쁜 눈을 케이의 코앞에 들이대며 묻자, 케이는 자기도 모르게 펄쩍 뛰며 대답했다.

"아냐! 아니라고!"

케이의 요란스런 반응에 당황한 아리아가 눈을 동그랗게 뜨고 케이를 바라보았다. 그 순간 케이는 시간이 멈춘 것 같았다. 순간 온 세상에 새까맣게 변하고 오직 아리아 주변만 밝게 빛나고 있었다.

"손……."

아리아 3세가 손을 내밀며 그렇게 말했다. 케이는 자기도 모르게 손을 내밀었다. 그러자 아리아 3세가 그 손을 잡고 악수를 했다.

"만나서 반가워. 난 아리아 3세야. 너도 루나벤켄도르 가문이라며?"

"어, 맞아. 어떻게 알았어?"

"새로운 이야기는 금방 소문이 나니까. 여기가 얼마나

지루한 곳인지 네가 나타났다는 사실만으로 일주일이나 시끄러웠어."

그 말을 들은 케이는 갑자기 공중에 붕 뜬 기분이 들었다. 시스 행성에선 단 한순간도 자신이 중요한 위치에 있다고 생각한 적 없었는데, 지금 페르다 왕국에서, 그것도 귀족 아이들의 화제에 일주일이나 올라 있었다니. 새삼 자신이 대단한 사람 같았다. 무엇보다…….

케이는 다시 한번 아리아 3세의 얼굴을 힐끔 훔쳐보았다.

저 예쁜 아이의 머릿속에 자신이 일주일이나 있었다고 생각하니 뿌듯해지기도 했다.

"파티장은 너무 재미없지 않아? 우리밖에 나가 놀까?"

귀족 아이 하나가 그렇게 제안하자, 아이들은 모두 고개를 끄덕이며 하나둘씩 빠져나갔다.

그런 아이들을 보면서 케이는 잠깐 당황했다. 주변을 둘러보아도 루 삼촌은 어디에 갔는지 보이지 않았다. 아이들을 따라 나가도 되는지 루 삼촌에게 허락을 받아야 하는데… 케이는 잠시 고민했다.

"너도 같이 갈 거지?"

그때 머뭇거리는 케이에게 아리아가 물었다. 케이는 자신이 가지 않는다면 아리아가 실망할지도 모른다는 생각이 들었다.

"응."

그는 고개를 끄덕이고 밖으로 나갔다.

저택의 마당으로 나간 사내아이들은 모두 장난감 칼을 들고 놀고 있었다.

"나는 황제의 기사단이다! 모두 나를 따르라!"

그 모습을 본 케이는 문득 쓴웃음을 지었다. 시스 행성을 떠나고 싶었던 이유 중 하나는 똑같은 놀이를 하는 게 지겨워졌기 때문이다. 페르다 왕국에 가면 뭔가 다른 삶이 시작될 줄 알았는데, 이곳 아이들 역시 크게 다르지 않았다. 물론 귀족 아이들은 훨씬 비싸 보이는 칼을 차고 있긴 했지만.

"시스인! 나를 상대하겠는가?"

덩치가 큰 아이 하나가 시비를 걸어왔다. 케이는 고개를 끄덕였다.

"너도 검 있어? 없으면 하나 빌려도 되고."

케이에게 시비를 건 아이는 다소 건방진 표정으로 물었다. 케이는 주변을 둘러보았다. 신기하게도 누가 버리고 간 것인지 낡은 나무칼 하나가 정원 한쪽에 떨어져 있었다.

"난 이거면 돼."

나무칼을 집어 든 케이를 보는 귀족 아이의 얼굴에 비웃음이 어렸다.

"조심해, 케이. 아주 고약한 녀석이야."

아리아가 걱정스런 목소리로 속삭였다.

'걱정 마. 나는 기사단 최고의 검술 솜씨를 가진 여자와 어렸을 때부터 매일 대련을 했어.'

케이는 아리아에게 그렇게 말해주고 싶었다.

덩치가 큰 귀족 아이는 케이가 자세를 채 취하기도 전에 달려들었다. 하지만 케이는 잽싸게 그의 공격을 피했다. 그러고는 그 녀석이 방심한 틈을 타서 그의 머리를 살짝 가격했다.

"아프잖아!"

귀족 아이가 머리를 만지며 투덜댔다. 별로 세게 친 것도 아니었는데, 상처를 입은 건 머리가 아니라 자존심 쪽이다.

상대는 칼을 마구잡이로 휘두르며 케이 쪽으로 다가왔다. 하지만 케이가 얄밉게도 전부 피하자 화가 난 사내아이는 뒤쪽에서 구경하던 한 아이를 향해 눈짓했다.

"앗!"

빠르게 움직이며 공격을 피하던 케이의 발을 누군가 걸어서 넘어뜨렸다. 그 순간 사내아이가 달려들어 케이의 얼굴에 주먹을 날렸다. 케이의 코에서 피가 흘렀다.

피를 보자 재미를 느낀 그 아이는 케이의 얼굴에 몇 차례 더 주먹을 날렸다.

"그만해!"

아리아가 말했다.

"뭘 그만해? 이제 시작인데!"

사내아이가 대답하는 틈을 타, 케이는 재빨리 빠져나왔다. 그리고 놓친 나무칼을 다시 잡았다.

"아리아 너 때문에 놓쳤잖아."

사내아이가 투덜거렸다.

처음 그 아이가 시비를 걸 때 케이는 그에게 악감정은 없었다. 주제도 모르고 강하게 보이고 싶은 건 아이들의 본능이었기에.

하지만 케이는 이제 그가 정말 싫었다. 아리아 앞에서 자신을 이 모양으로 만든 것도, 아리아에게 그런 식으로 대하는 건 더더욱.

방금 전까진 장난이었지만 더이상은 봐줄 생각이 없었다. 덩치 큰 아이는 다시 케이를 붙잡기 위해 몸을 날렸다. 하지만 케이는 몸을 돌려 피했다. 누군가 발을 걸어보려 했지만, 같은 수법에 두 번 당할 만큼 케이는 멍청하지 않았다.

충분히 거리가 가까워졌을 때 케이는 빠르게 칼을 휘둘

렀다. 칼은 아이의 목부분을 빠르게 스치고 지나갔다. 귀족 아이들이 가지고 노는 장난감에는 아이들이 다치지 않게 하는 안전장치가 있었지만 케이가 든 나무칼엔 그런 것이 없었다. 나무였지만 꽤 날카로웠고, 사내아이의 목에선 피가 쏟아졌다.

아이들이 비명을 지르며 소리쳤다. 그리고 그 소리를 들은 어른들이 파티장에서 나왔다.

덩치가 큰 사내아이는 양손으로 목을 붙잡고 땅에 쓰러져 있었다. 케이가 손에 쥔 나무칼에선 피가 뚝뚝 흐르고 있었다.

"당장 의료진 불러요!"

어디선가 제루카가 튀어나와 큰 소리로 외쳤다.

"저 아이, 시스인이래요."

한 귀족이 속삭이는 소리가 케이의 귀에 분명히 박혔다. 웅성거리는 대화의 대부분이 자신에 대한 비난인 것을 케이는 짐작하고도 남았다.

그때였다.

누군가 케이의 손을 붙잡았다. 아리아 3세였다.

"괜찮아. 저 애가 나쁜 거야. 나쁜 건 네가 아냐."

예쁜 눈으로 자신의 편을 들어주는 아리아 3세를 본 순간, 케이에게 다른 건 아무것도 중요하지 않았다.

"아리아, 어서 가자!"

상황을 지켜보던 아리아 2세는, 딸이 손가락질받는 시스인의 손을 잡고 있는 것을 보자마자 딸을 데리고 부리나케 파티장을 떠났다. 케이는 리무진을 타고 떠나는 아리아 3세를 한참 동안 바라보았다.

"저런 아이한테 함부로 말을 걸면 안 돼. 그 정도 판단도 못하는 거냐?"

"하지만 어머니……."

"너는 우리 가문을 일으킬 아이야. 섀도우의 예언을 잊었니?"

아리아 2세는 알렉산드라-아리아와 사촌지간이었다. 아리아 가문을 이끌던 그녀의 아버지가 사업차 우주로 나갔다가 해적에게 살해당하자, 무기 판매로 부자가 된 알렉산드라-아리아의 아버지가 가문의 후계자가 되었고, 그녀와 알렉산드라의 관계는 순식간에 뒤바뀌게 되었다.

사촌에게 가문의 권력을 빼앗긴 아리아 2세는 항상 복수의 칼날을 갈고 있었다. 그녀가 믿고 있는 것은 그녀의 딸이 집안을 다시 일으킬 거라는 섀도우 가문의 예언이었다.

하지만 그 예언에는 루니벤겐도르 가의 어둠이 가문의 영광을 더럽힐 거라는 불길한 부분도 함께 있었다.

"데라크스의 눈에 띄는 행동은 절대 하면 안 돼."

예언을 신봉하는 그녀는 루나벤켄도르 가문 중에서도 가장 강한 권력을 가지고 있는 데라크스 후작에게서 최대한 멀리 떨어지려 했다. 그렇기에 딸에게도 항상 주의를 주었다.

그녀는 모르고 있었지만, 다행히 데라크스는 아리아 3세에겐 전혀 신경 쓰고 있지 않았다. 이날 데라크스의 신경을 어지럽힌 것은 오직 케이 뿐이었다. 하필 자신의 귀환을 축하하는 날 큰 말썽을 피운 것이 이상하게 마음에 걸렸던 것이다.

데라크스는 이것이 우연이 아닌, 일어날 일에 대한 어떤 징조가 아닐까 의심하고 있었다.

Part 2.   므두셀라의 아이들

1.
1년 후

센트럴시티의 최하층, 장대비가 내리는 밤이었다. 여전히 그곳은 법이 아닌 힘과 무질서가 지배하는 공간이었다. 어디선가 옛 지구인의 무기인 총소리가 들려왔다.

"총기를 버리시오."

AI로봇 경찰들이 출동하며 경고했다. 하지만 그들에게 돌아온 것은 총알세례였다.

"당장 총을 버리고 투항하지 않으면 즉각 처단 프로세스에 돌입하겠습니다."

로봇이 계속 경고했지만 상대는 여전히 공격으로 대답을 대신할 뿐이었다. 로봇은 경고를 멈추고 대신 레이저를 발포했다. 레이저를 맞은 상대는 먼지가 되어 사라졌다.

"변한 게 하나도 없군."

AI로봇 경찰과 대치한 무모한 갱단을 멀리서 지켜보던 말룬다가 말했다.

"가자."

그녀는 페이스페이커를 착용한 채 부하들과 센트럴시티의 최하층을 지나다 한 클럽 앞에서 걸음을 멈추었다. 입구를 지키는 문지기가 옛 지구인의 총을 겨누며 그녀에게 신분을 물었다.

"이곳 주인한테 아리아 님께서 안부를 전해 달라고 하시던데?"

그러자 문지기는 무전으로 아리아가 보낸 사람들이 도착했다고 보고했다. 잠시 후 문이 열렸고, 말룬다와 일행들은 클럽 안쪽으로 다가갔다.

"오랜만이야, 말룬다."

페이스페이커를 착용하고 있었지만 하만은 금방 말룬다를 알아보았다. 말룬다도 페이스페이커의 작동을 잠시 중지하고 맨얼굴로 하만에게 물었다.

"정보는?"

"이거, 보자마자 일 얘기인가. 안부 인사라도 좀 나누지. 너무 정이 없잖아."

"너는 여유가 넘치는지 몰라도 나는 시간이 없어. 빨리 일을 처리하고 가야 한다고."

"알았어. 코인은?"

말룬다는 작은 디지털 칩을 보여주었으나, 하만이 손을 내밀자 다시 칩을 거뒀다.

"정보부터 줘야지?"

"철저하기는."

하만은 예상했다는 듯 부하에게 손짓을 했다. 그의 명령을 받은 부하가 와서 디지털 키를 건넸다. 말룬다의 부하가 그것을 받아 홀로그램 정보 리더기에 키를 삽입하자 리더기는 홀로그램 지도 하나를 띄웠다.

"거기 표시된 곳들이 다 저장소라고 하더군."

"믿을 수 있는 거겠지?"

"거래 한두 번 해봐? 이 정도면 신뢰라는 게 좀 쌓여도 되지 않을까?"

하만이 실실 웃으며 대답했다. 하만의 치아 한쪽엔 블루다이아몬드의 파편으로 만든 의치가 번쩍이고 있었다. 말룬다는 말없이 디지털 칩을 하만에게 건네줬다. 하만의 부하가 칩을 슬롯에 넣고 단말기를 조작해서 안에 들어 있는 액수를 확인했다.

"3백만 코인, 맞습니다."

금액 확인이 끝나자 말룬다는 페이스페이커를 다시 작동시킨 뒤 클럽을 빠져나갔다.

거리로 나온 말룬다와 부하들은 막다른 골목으로 가 건물의 벽을 타고 옥상으로 올라갔다. 그곳에서는 아리아, 해성, 제타, 크루거, 키아라가 도시의 야경을 구경하고 있었다.

"전부 이렇게 나와 계시면 위험할 텐데요."

"미안. 오랜만에 와보는 곳이라 구경 중이었어."

아리아가 멋쩍은 듯 말했다.

"지도는?"

"확보했습니다."

말룬다의 말을 들은 아리아가 손짓하자 투명한 실드에 둘러싸여 클로킹 상태에 있던 A(RIA)-Ⅱ가 모습이 드러났다.

옥상 위에 있던 사람들은 전함에 타고 다시 사막으로 향했다.

그들은 지도를 입수하자마자 표시된 가장 가까운 저장소로 날아갔다. 하지만 그곳엔 깨진 유리관과 불타버린 자료들만 남아 있었다.

"이번에도 허탕이군."

"하만 같은 놈하고 거래를 하는 게 아니었어."

크루거가 입맛을 다셨다.

"냉정하게 말하자면 하만이 준 정보가 틀린 건 아니에요. 여기에 저장소가 있었던 건 맞는 것 같으니까요."

말룬다가 주변을 둘러보며 말했다. 하지만 실망스러운 결과가 바뀌는 것은 아니었다.

"젠장! 1년이나 저장소를 찾아다녔는데, 성과라곤 전혀 없잖아요!"

허탈한 표정의 해성이 벽에 주먹을 날렸다.

헤나의 레볼트를 떠나온지도 어느새 1년이 흘렀다. 그들은 저장소를 찾아 파괴하겠다며 정보를 모으고 저장소의 위치를 찾아다녔다. 하지만 매번 이런 벽에 부딪치곤 했다.

"우리가 뭔가 잘못 생각하고 있었는지도 몰라요."

생각에 잠긴 아리아가 천천히 입을 열었다.

"애초에 저장소의 위치를 거리에 떠도는 정보들로 파악하려 한 게 잘못일지도요. 우리가 너무 쉽게 생각했던 것 같아요."

모두 고개를 끄덕였다. 저장소는 황제였던 프랑수아 5세가 심혈을 기울여 준비한 비밀 프로젝트였다. 아무리 많은 돈을 준다 한들 그렇게 쉽게 위치 정보를 얻을 수 있을 리 없었다.

한동안 무언가를 골똘히 생각하던 아리아는 마침내 뭔

가를 결심한 듯 말했다.

"처음부터 다시 시작해봐야겠어요."

아리아 일행이 탄 A(RIA)-Ⅱ는 강렬한 모래바람을 뚫고 우림지대로 들어가 스카이가 찾아낸 저장소 공간에 착륙했다.

'일 년 전, 이곳에서 끔찍한 학살이 벌어졌었지.'

비행선에서 내린 크루거는 그때의 기억을 떠올렸다. 땅에는 아직 로봇의 파편들과 죽은 자들의 해골이 널려 있었다.

"주변을 잘 둘러봐. 아직 히콘이 있을지도 몰라."

크루거가 걱정되는 표정으로 주의를 주었다. 그들은 주위를 경계하며 공장 문을 열었다.

"여기서도 아무 단서를 찾지 못하면 어떡하죠?"

공장 안으로 들어서며 말룬다가 걱정스런 표정으로 아리아에게 물었다.

"어쨌든 할 수 있는 일은 다 해봐야지."

하지만 그렇게 대답하는 아리아의 얼굴에도 확신은 보이지 않았다.

예상대로 공장 안에 들어선 그들을 맞이한 건 텅 빈 공간과 벽과 바닥에 가득한 핏자국들 뿐이었다.

"아무것도 없는 건 여기도 마찬가지잖아."

해성이 실망스런 표정으로 말했다. 하지만 그때 제타의 날카로운 목소리가 들려 왔다.

"잠깐! 여기 누군가 있어!"

그 말에 모두의 시선이 제타를 향했다. 제타는 공장 안의 벽 한 곳을 주시하고 있었다.

"이상한데."

겉보기에는 다를 것 없는 평범한 벽이었다. 하지만 벽에 손을 댄 제타의 직감은 다른 이야기를 하고 있었다.

"이 벽 뒤에 뭔가 있는 것 같아."

"확인해보면 되지."

키아라가 블루 다이아몬드의 힘이 담긴 주먹으로 벽을 강타했다. 그러자 벽이 무너지고 그 뒤에 숨은 미로가 모습을 드러냈다.

"이건……."

미로를 살펴보던 제디가 조용히 입을 열었다.

"카림의 연구소와 구조가 비슷해."

떠올리기 싫은 기억이 떠오른 제타는 얼굴을 찡그렸다.

"카림은 훔친 미스터 창의 저장소 설계대로 연구소를 만들었을 거예요. 그렇다면 아마 지하공간이 있을 거고, 그곳에 우리가 찾던 게 있겠죠."

"그렇다면 우리가 갔던 다른 목적지들에도 이런 통로가

있었을까?"

제타의 말에 아리아가 되물었다.

"아뇨. 그곳에서는 아무것도 느껴지지 않았어요. 여기와는 달라요."

제타의 말을 듣고 아리아는 고개를 끄덕였다.

"그렇다면 지하로 내려가는 방법을 찾아야겠군."

하지만 아리아가 말을 채 마치기도 전에 이미 성질 급한 크루거가 미로 안으로 들어가고 있었다. 그러자 남은 일행들도 그 뒤를 따랐다.

공간 한쪽에는 초소형 감시 카메라들이 장착되어 있었다. 제타는 염력으로 그것을 뜯어낸 뒤, 배선이 어디로 연결되었는지 조사했다. 배선이 연결된 곳의 끝에는 동력원이 있었고, 그 동력원이 지하로 가는 승강기를 움직이고 있었다.

"찾았어요! 입구."

모두들 기대에 가득 찬 얼굴로 승강기 문을 열었다. 하지만 그 안에는 예상 외의 손님이 그들을 기다리고 있었다.

잠들어 있는 히콘이었다.

선두에 있던 크루거는 깜짝 놀라 허둥대며 레이저 건을 꺼냈다. 하지만 오히려 그 허둥대는 소리에 히콘이 깨어났고, 눈앞에 있는 크루거를 향해 침을 뱉었다.

크루거의 얼굴이 녹아내리기 직전, 날아오던 히콘의 타액이 공중에 멈췄다. 제타가 염력을 발동해 막은 것이다. 또한 히콘도 못 움직이게 붙잡고 있었다.

"고맙군."

위기를 모면한 크루거가 제타를 바라보며 말했다.

"안심하긴 일러. 내가 히콘을 붙잡고 있을 수 있는 시간은 그리 길지 않거든."

하지만 위험은 생각보다 더 빨리 찾아왔다. 천장에서 숨겨진 공간이 열리더니 그 안에서 히콘들이 한 마리씩 날아오기 시작한 것이다.

"모두 공격 태세로!"

히콘들의 위력을 이미 한 번 본 적 있는 크루거가 다급하게 외쳤다.

"잠시만요!"

모두 당황해서 허둥지둥하는 사이, 아리아의 목소리가 들려왔다. 아리아는 히콘을 향해 이상한 손짓을 하고 있었고, 그 손끝이 따뜻한 색깔로 빛나고 있었다.

그런데 희한하게 히콘들이 아리아의 손에서 나오는 불빛을 바라보기 시작했다. 그리고 마치 어미를 따르는 새끼 오리처럼 아리아의 주변에 모여들었다.

"어떻게 한 거야?"

크루거는 자신이 지금 보는 광경을 믿을 수 없다는 표정으로 물었다.

"우리 가문은 오래 전부터 짐승들과 교류하는 법을 배웠어요."

아리아는 그렇게 말하며, 누군가가 히콘의 발에 장착해놓은 쇠고리를 파괴했다. 그리고 히콘의 이마에 손을 올렸다.

"두려워하지 마."

아리아가 히콘의 눈을 보며 속삭였다. 그러자 방금 전까지 사납게 날뛰던 히콘들이 그녀의 냄새를 맡고 그녀의 얼굴에 머리를 비비기 시작했다.

"어릴 때 들은 적이 있어. 사나운 짐승들을 다룰 수 있는 특별한 능력을 가진 사람들이 있다고. 그런데 그런 사람이 바로 옆에 있었다니."

크루거가 말했다.

히콘들은 아리아 주변에서 특유의 소리를 내며 서로 다정하게 대화했다. 그러고는 족쇄를 풀고 공장 밖으로 날아갔다. 제타가 염력으로 억제하고 있던 히콘 역시 다른 무리를 따라 숲으로 날아갔다.

"사람들은 히콘이 내뱉는 침 때문에 히콘을 두려워하지만, 사실 그런 성질을 가지고 태어난 게 잘못은 아니잖아요. 그냥 그렇게 태어났을 뿐인데."

아리아의 말에 갑자기 모두가 숙연해졌다. 그런 입장에서는 생각해본 적이 없었던 것이다.

"히콘이 공격적인 건 두려움 때문이에요. 보기엔 무섭게 생겼어도 겁이 많은 짐승이거든요."

크루거는 아리아의 설명을 듣더니 허탈한 표정으로 말했다.

"당신이 그때 카이로와 있었다면……."

하지만 그들에겐 과거에 붙잡혀 낭비할 시간이 없었다.

"얼른 내려가죠."

아리아가 침묵을 깼다. 그리고 말룬다와 부하들에게도 명령을 내렸다.

"너희들은 여기 남아서 입구를 지켜."

말룬다는 자신의 수하들과 함께 경비 태세를 취했다. 그들이 든든하게 후방을 지킬 것이라 믿은 해성, 아리아, 크루거, 기아라, 그리고 제터는 승강기를 타고 아래로 내려갔다.

쿠궁. 승강기가 제일 아래층에 닿자 두꺼운 철문이 요란한 소리를 내며 열렸다. 그리고 이번엔 AI로봇 기동대가 그들을 맞이했다.

문이 열리자 로봇 기동대는 기다렸다는 듯 레이저를 발사했다. 아리아가 빛 에너지를 모아 실드를 생성했다. 그

실드의 보호를 받으며 해성과 키아라가 로봇들을 파괴했다. 제타는 염력으로 손쉽게 기동대들을 무력화하며 그들을 지원했다.

1년 동안 맞춰온 호흡은 척척 맞아떨어졌고, AI로봇 기동대 따위는 적수가 되지 못했다.

그때 어디선가 연구원 하나가 나타났다. 해성 일행을 발견한 그의 몸집이 갑자기 커지더니 날카로운 손톱과 이빨을 지닌 괴물로 변신했다. 잠시 후 다른 두 괴물도 그와 합세했다.

하지만 쏜살같이 달려들던 괴물들의 움직임이 갑자기 무엇에 묶이기라도 한 듯 둔해지기 시작했다. 기동대를 모두 해치운 제타가 염력을 건 것이다.

그 틈을 타서 키아라와 크루거가 괴물들을 공격했고, 아리아와 해성은 기프트의 능력으로 그들을 소멸시켰다.

*

모든 적들을 물리치고 난 뒤, 해성과 아리아 일행은 연구소를 면밀히 조사하기 시작했다.

연구소를 둘러보던 해성이 제일 먼저 발견한 것은 도로시의 지하 연구소에서 보았던 것과 같은 형태의 저장소였다. 분노가 치밀어 오른 해성이 저장소를 주먹으로 강타하자, 저장소 용기가 박살 나며 끓는 물과 그 물에 녹아버린 신체가 바닥으로 쏟아졌다.

"욱!"

그러자 생전 처음 맡아보는 역겨운 냄새가 연구소를 가득 채웠다.

이번엔 아리아가 또다른 저장소를 부쉈고, 더 많은 양의 신체들이 쏟아져 나왔다. 그중엔 아직 놀랍게도 생명반응을 유지하고 있는 것도 있었다.

입이 다 녹아버려 말을 할 수 없지만, 미세한 호흡과 약한 신음을 내며 한쪽 팔로 움직이는 모습은 보기만 해도 기괴하게 느껴졌다. 그 광경을 본 해성은 몸을 부르르 떨었다. 저장소를 처음 본 키아라와 제타도 큰 충격을 받았다.

그 순간, 옆에서 누군가의 발소리가 들려왔다. 제타는 염력을 사용해서 의문의 침입자를 들어 올렸다.

제타가 들어 올린 사람은 이 연구소의 연구원이었다.

"살려주세요, 저희는 그냥 평범한 연구원들이에요."

"저희?"

아리아가 날카롭게 되묻자 구석에 숨어 있던 연구원들이 하나 둘 나타났다.

"당신들은… 레볼트인가요?"

가장 어려 보이는 사람이 물었다. 해성은 고개를 끄덕이고 그에게 물었다.

"저장소는 여기 있는 게 전부인가?"

"그렇습니다."

연구원의 대답은 빨랐지만, 그가 입을 열기 전 옆에 있는 사람의 눈치를 힐끔 보는 것을 아리아는 놓치지 않았다.

"거짓말이군."

그러자 그는, 자신도 모르게 당황한 표정을 지으며 다시 누군가의 눈치를 보았다. 아리아가 그의 시선을 탐지하고 그 끝에 있는 연구원을 찾아냈다. 나이가 지긋하고 연륜이 있어 보이는 사람이었다.

"당신이 여기 책임자, 맞죠?"

아리아가 자신의 정체를 밝혀내자, 그는 당혹한 표정을 지었다.

"빠르고 정확하게 대답하는 편이 좋을 겁니다. 내가 플릭 출신인데, 고문 전문가였거든."

크루거가 낮지만 분명한 목소리로 연구원에게 말했다.

"웬만하면 고문은 안 받으시는 게 좋구요. 그 부분은 제가 확실히 말씀드릴게요."

해성이 능청스럽게 크루거를 도왔다. 그제야 연구소의 책임자는 무겁게 입을 열었다.

"여기는 제1저장소로 불리는 곳이요. 아마 제2, 제3의 저장소도 존재할 수 있지."

그는 해성 일행의 질문에 최대한 모호하게 대답하려고 애쓰고 있었다.

"저장소가 총 몇 개인지는 모르시고?"

"이곳이 첫 번째 연구소라는 것 외에 난 아는 게 없소. 우리에겐 선택권이 없었다는 사실을 먼저 이해해주시오."

"그건 변명이 되지 않습니다. 악은 항상 평범함 속에 숨어 있는 법이니까요."

해성이 차갑게 말했다.

"우리 가족을 살리려면 어쩔 수 없었다니까!"

"그렇다고 다른 사람의 가족을 저런 꼴로 만들었어요? 난 내 어머니가 저 안에 들어가 있는 모습을 두 눈으로 봤어! 내 가족한테도 똑같이 말해보시지!"

연구원이 계속해서 자신들의 책임을 회피하려는 말을 하자, 해성도 참지 못하고 폭발하고 말았다.

"이제 그만하지. 저들도 자신들의 잘못을 알고 있어."

크루거가 흥분한 해성을 말렸다.

"당신들이 찾는 저장소로 데려다 줄 수 있어요."

처음 나타난, 가장 어려 보이는 연구원이 말했다. 그의 말에 책임자는 당혹스러운 표정을 지었지만 옆에 있는 사람은 적극적으로 앞으로 나섰다.

"저 분 말이 맞아요. 우리는 부역자예요. 그 죄를 씻으려면 협력해야 해요."

그곳에 있는 연구원들 중 유일하게 용기를 낸 사람답게, 어려 보이는 연구원은 분명한 목소리로 말했다.

"다만, 우리의 안전을 보장해준다고 약속해주시죠."

"알겠습니다."

아리아가 빠르게 대답했다. 불만스러운 표정의 해성을 포함해 그녀와 뜻을 같이 하지 않는 사람들도 많다는 것을 그녀는 알고 있었다. 하지만 현재로서는 이것이 최선이었다.

연구원들은 아리아와 해성 일행과 함께 대기중이던 비행선에 올랐다.

"미스터 창의 연구소가 여기서 멀지 않습니다. 그곳으로 가시죠."

어려 보이는 연구원이 아리아에게 미스터 창이 있는 연구소의 좌표를 알려주었다.

"황제 폐하가 떠난 뒤로 미스터 창은 새로운 연구에 전념하고 있다는 이야기를 들었습니다. 어쩌면 이번 연구소에 가면 그게 무슨 연구인지 알 수 있을지도……."

천성이 연구원인 그는 자신이 왜 그곳으로 가게 되었는지도 잊었는지, 새로운 연구를 직접 볼 수 있다는 기대감이 담긴 목소리로 말했다.

　하지만 아리아에게 중요하게 들린 부분은 다른 곳이었다.

　"케이가 여기를 떠났다고?"

　"모르셨어요? 저희도 들은 이야기입니다. 페르다 왕국이라는 곳으로 갔다고……."

　"뭐?"

　무언가 불길한 예감이 아리아를 휩싸고 돌았다.

　"그럼 지금 센트럴시티를 통치하고 있는 건 누구야?"

　"권한대행을 임명하고 떠났어요. 디아고 원로 님이 맡고 계시죠."

　"디아고 원로라고?"

　아리아는 믿을 수 없다는 표정으로 되물었다.

2.
사람은 모두 변한다

새로운 소식에 아리아가 받은 충격은 작지 않았다. 갑작스레 케이가 제3지구를 떠난 것도 이해할 수 없었지만, 아리아 가문과 함께 오랜 시간 레볼트를 도운 동맹이었던 디아고 원로가 갑자기 케이의 편에 서서 권력의 빈자리를 차지했다는 것은 더더욱 믿기 힘들었다.

"괜찮아요?"

아리아의 얼굴이 굳어버린 것을 알아챈 해성이 물었지만 아리아는 쉽게 대답할 수 없을 정도로 흔들리고 있었다.

"도착하기 전까지 잠깐 혼자 있고 싶어요."

그 말만 남기고 아리아는 브릿지를 나가버렸다. 해성 역시 아리아를 뒤따라 브릿지를 떠났다.

"큰 충격을 받으신 모양이군요."

아리아의 표정을 무심하게 관찰하던 말룬다가 한마디 했다.

"믿음이 무너졌을 때 그 기분, 나도 잘 알지."

크루거가 씁쓸한 표정으로 그 말을 받았다.

"그나저나 해성이가 잘 위로할 수 있을까? 싸움은 잘 하지만 그런 쪽으로는 영……."

그 말에는 아무도 대꾸를 하지 않았다. 브릿지에 있는 사람들 모두 그 말에 동감하고 있었고, 해성과 아리아 사이에 뭔가 불편한 기류가 흐른다는 것도 눈치채고 있었기 때문이었다.

"들어가도 돼요?"

아리아가 들어간 선실을 노크하며, 해성이 물었다. 문을 연 아리아는 힘없이 침대에 앉았다.

"괜찮아요?"

해성이 아리아 옆에 앉으며 물었다.

"아뇨. 괜찮지 않아요. 솔직히 누구를 믿어야 할지 혼란스러울 뿐이에요."

아리아가 지친 표정으로 해성의 가슴에 얼굴을 묻었다. 해성은 말없이 아리아의 어깨를 토닥여주었다.

한참 눈물을 흘리던 아리아는 자신이 안겨 있던 해성의

가슴에 입을 맞췄다. 그리고 그 입술은 해성의 입술을 찾아 올라갔다. 하지만 해성은 살짝 뒤로 물러섰다.

"지금 날… 밀어낸 거예요?"

아리아는 자신을 거부하는 해성을 원망스러운 표정으로 한참 바라보았다. 우림지대 전투 이후 줄곧 동료들과 함께 집단 생활을 해온 터라 두 사람은 둘만의 시간을 가지지 못했고, 특히 헤나가 등장한 이후 아리아는 해성과 점점 더 멀어지고 있음을 느꼈다. 하지만 그렇더라도 지금 이렇게 노골적으로 자신을 거부하다니.

아리아는 멀어져가는 둘 사이를 느끼면서도, 해성이 헤나가 아닌 자신의 곁에 있는 것만으로 위로를 받았었다. 하지만 지금 깨달았다. 몸이 곁에 있다고 마음도 그런 건 아니라는 걸.

마음이 아프기도 했지만, 그보다 자존심에 입은 상처가 더 컸다.

"변한 건… 디아고 원로만이 아니군요."

"아리아 난 그냥……."

"나가줘요. 지금은 혼자 있고 싶어요."

아리아는 그렇게 말하고 등을 돌려 누웠다. 한참 동안 그녀의 등을 바라보던 해성은 아무 말도 하지 못하고 돌아갔다. 아리아의 등이 약하게 떨리고 있었다.

*

A(RIA)-Ⅱ는 연구원이 지정해준 좌표에 도착했다. 사막 한가운데 있는 그곳은 강한 모래바람이 시야를 가리는 곳이었다.

"착륙 시작해요."

다시 브릿지로 돌아온 아리아가 항해사에게 명령했다. 사람들은 해성과 눈도 마주치지 않고 사무적인 태도로 대하는 그녀가 위태롭다고 느꼈지만, 입 밖으로 내지는 않았다.

비행선은 천천히 고도를 낮춰 마침내 사막 위에 내려앉으려 했다. 그런데 그 순간, 갑자기 사막에 거대한 구멍이 생기더니 모래가 아래로 빨려들어가기 시작했다.

"뭐야 이건? 싱크홀인가?"

누군가 놀라서 말했다.

구멍의 정체는 싱크홀이 아니었다. 사막 안쪽에 비행선 세 대가 충분히 들어갈 정도로 거대한 게이트가 열리고 있었다. 그 아래에는 끝이 보이지 않을 정도로 깊은 어둠이 채워진 상태였다.

"내려갈까요?"

항해사가 아리아의 명령을 기다렸다. 아리아는 긴장한

표정으로 자신들의 발밑에 아가리를 벌리고 있는 새까만 어둠을 바라보았다. 그 속엔 알 수 없는 불길함이 가득했다.

하지만 그렇다고 여기까지 온 마당에 다시 되돌아갈 수는 없었다.

그들이 탄 비행선이 천천히 하강하며 어둠으로 천천히 빨려 들어갔다.

그리고 아리아가 느낀 불길함은 예상보다 훨씬 빨리 현실이 되었다. 게이트를 통과하자마자 무언가가 기체 위로 떨어지면서 둔탁한 소리를 낸 것이다.

쿵. 모두의 시선이 천장으로 쏠렸다. 무언가 날카로운 것이 기체 위의 철판을 절단한 뒤, 손으로 비행선의 상단을 뜯어내고 있었다.

"조심해!"

크루거의 거센 외침이 모두에게 전해지기 전에, 뜯긴 기체의 틈 사이로 거대한 괴물 한 마리가 틈입해 공격을 시작했다.

괴물의 선제 공격을 받은 이는 제타였다. 그녀는 염력을 발휘할 틈도 없이 그대로 쓰러져 정신을 잃었다.

다행히 아리아가 빛의 검으로 괴물을 두 동강 냈다. 그 뒤로 혜성이 괴물의 재생을 막기 위한 공격을 날렸다.

치명적인 대미지를 입은 괴물은 소멸되어갔다. 하지만

뜯긴 기체의 천장을 통해 또 다른 괴물들이 속속들이 등장했다.

"한두 놈이 아냐!"

크루거가 소리쳤다. 그 소리를 들은 괴물 하나가 크루거를 향해 달려들었다. 키아라가 블루 다이아몬드의 힘으로 공격해봤지만, 괴물은 그녀의 능력을 압도했다. 괴물의 날카로운 손톱이 키아라의 배를 파고들어 커다란 구멍을 냈다.

"키아라!"

자신을 지키기 위해 뛰어든 키아라의 뜻밖의 부상에 크루거는 레이저를 발사하며 그녀를 엄호했다. 하지만 괴물은 빠른 동작으로 그것을 피했고, 빗나간 레이저는 비행선 일부를 파괴했다. 그 여파로 비행선은 균형을 잃고 기울어졌다.

"기내에서는 레이저를 사용하시면 안 됩니다!"

말룬다가 크루거에게 경고했다. 반격을 위해 레이저 건에 에너지를 모으던 크루거는 그 말을 듣고 포기하는 수밖에 없었다. 그렇게 서로 실랑이를 벌이는 와중에도 비행선은 계속해서 옆으로 기울어지고 있었다.

"수평 유지! 수평 유지!"

항해사가 애타게 외쳤지만 제어 시스템은 통제를 벗어

난 상태였다. 하지만 비행선이 균형을 잃은 게 유리한 부분도 분명히 있었다. 기체 위에 있던 괴물들 역시 중심을 잃고 넘어졌기 때문이다. 해성과 아리아는 괴물들을 빠르게 공격하여 하나씩 소멸시키고 있었다.

"아악!"

해성이 집어던진 괴물 하나가 항해사의 머리를 뜯어버렸다. 그 순간, 흔들리면서도 간신히 버티고 있던 비행선이 완전히 중심을 잃고 뒤집어지기 시작했다. 수직으로 기울어져버린 비행선에서 붙잡을 걸 찾지 못한 연구원들과 아리아의 부하 중 일부가 어둠 속으로 추락했다. 비행선은 연기를 내뿜으며 바닥으로 처박히고 있었다.

"꽉 잡아!"

떨어지는 키아라의 몸을 크루거가 붙잡았고, 말룬다는 제타를 붙잡았다. 기체 위에 있던 괴물들은 비행선의 운명을 직감했는지 빠르게 달아났다.

아리아는 간신히 조종석으로 가 조종간을 잡았지만 이미 중심을 잃고 추락하던 기체는 다시 수평을 회복하지 못하고 계속 아래로 떨어지고 있었다.

잠시 후, 커다란 굉음을 내며 A(RIA)-II는 지면과 충돌했다.

3.
변절

디아고 원로는 수백 개의 유리관이 설치된 저장소 한가운데에 만족스러운 표정으로 서 있었다. 유리관에 비친 그의 모습은 80대로는 보이지 않게 피부에 탄력이 있었고 몸에도 적당한 근육이 있어 보기 좋았다. 모두 이 저장소에서 생산되는 약물 덕분이었다.

약물의 혜택을 보고 있는 건 디아고뿐만이 아니었다. 다른 원로들 역시 저장소를 둘러보며 그 기술력과 약의 효능에 감탄하고 있었다.

"하루에 이 정도 양이 생산된다면 정말 영생도 꿈이 아니겠군요!"

다른 원로 중 한 명도 더욱 젊어진 자신의 모습을 보며 신이 나서 말했다.

"그런데, 이제 케이는 떠났는데 앞으로 어떻게 하실 예정이십니까?"

누군가가 디아고 원로에게 물었다.

"일단 케이가 제게 이 정권을 맡겼으니 최선을 다해 통치해볼 생각입니다. 물론 잘못된 점들이 있다면 고쳐야겠죠."

디아고가 두루뭉술하게 답했다. 그가 가지고 있는 비전은 아주 평범하고 상식적인 것이었다. 통치는 원만하게, 단, 자신의 이익을 해치지 않는 한에서만.

"아리아는 어떻게 하실 생각이십니까?"

디아고가 피하고 싶었던 질문이었다. 그와 아리아는 과거에 케이의 정권을 타도하려는 공통의 목표를 가지고 있었다. 하지만 디아고 원로가 케이의 야합으로 이젠 적이 되었다. 그것도 엄청난 재력과 무력까지 갖춘 적이.

"저는 평화를 사랑하니까, 일단은 대화를 해봐야겠죠."

"대화가 안 통할 텐데요?"

"그렇다면 싸워야겠죠."

디아고의 대답을 들은 다른 원로들의 표정이 어두워졌다. 아무리 그가 젊어졌다고 한들 빛의 기사인 아리아와 대결을 벌이다니, 가문의 힘까지 포함하면 더더욱 말도 안 되는 이야기였다.

"아, 물론 싸운다고 해서 둘이 무력으로 대결을 벌인다는 뜻은 아닙니다."

원로들의 표정을 읽었는지 디아고는 자신의 말을 보충했다.

"싸움에는 여러 가지 방법이 있죠. 외교력과 정치력을 통해서도 충분히 싸울 수 있습니다."

그러더니 자신만만한 표정으로 덧붙였다.

"섀도우 님과 약속을 잡았습니다."

"아, 섀도우 님께 만남을 제안하셨군요."

"아닙니다. 이번 만남은 섀도우 님께서 제안하신 겁니다."

다른 원로들이 웅성거리기 시작했다. 디아고 원로는 그모습을 흐뭇하게 바라보며 마지막 한마디를 덧붙이고 그곳을 떠났다.

"예언자가 따로 만나자고 하는 데는 분명 이유가 있겠죠."

다음 날, 디아고는 케이의 집무실로 출근했다. 집무실을 지키는 AI로봇이 그의 주변을 경호하고, 케이를 보좌하던 비서가 그의 업무를 도왔다. 급한 업무들을 처리하다 한숨 돌리기 위해 그는 일어서서 창밖으로 센트럴시티를 내려다보았다.

'도시에서 가장 높은 곳에서 아래를 내려다보는 기분이

라… 케이는 이런 기분을 계속 느끼고 있었던 건가?'

집무실 한편에는 위스키 컬렉션이 자리 잡고 있었다. 디아고는 잠시 망설이다가 그중 가장 고급스러워 보이는 병 하나를 꺼내 잔에 따랐다. 다시 창가에 서서 위스키 잔을 높이 들었다.

"디아고 권한대행… 아니, 황제를 위해, 건배."

위스키가 목을 타고 지나가면서 불에 타는 듯한 따가운 느낌이 들었지만, 전혀 기분이 나쁘지 않았다. 식도를 타고 내려가는 짜릿함이 권력의 맛처럼 온몸으로 퍼져 나갔다.

"섀도우 님께서 방문하셨습니다."

인터컴을 통해 튀어나온 비서의 목소리가 권력에 취한 디아고의 몰입을 방해했다. 현실로 돌아온 그는 약간의 민망함을 참으며 위스키 잔을 원래 있던 곳에 올려놓았다.

"들어오시라고 하지."

곧 비서가 문을 열자, 섀도우가 집사 마크와 함께 문 앞에 도착해 있었다. 섀도우는 집사를 문밖에 남기고 자신만 집무실 안으로 들어왔다. 디아고와 단 둘이 독대를 하겠다는 뜻이었다.

"디아고 권한대행 님. 오랜만입니다. 아리아의 집에서 잠깐 뵌 게 마지막인 것 같은데요."

사실 둘 사이에 접점은 아리아뿐이었다. 지금 그녀를 빼고 둘이 따로 만나고 있다는 것만으로도 사실 둘 사이엔 커다란 변화가 생긴 것이었다.

"케이가 떠나고 제가 이 자리에 오를 것이라는 거… 혹시 알고 계셨을까요?"

디아고 원로가 장난기 어린 표정으로 물었다.

"하하, 아무리 미래를 볼 수 있다 하더라도 모든 것을 볼 수는 없습니다."

섀도우는 그의 질문에 가벼운 미소를 보이며 답했다.

"그렇겠죠. 사실 섀도우 님께서 저를 만나겠다고 했을 때 조금 놀랐습니다. 아리아와의 관계는 어떻게 하실 겁니까?"

"뭐, 예언자라고 해도 새로운 시대가 열리면 그에 적응해야 하지 않겠습니까?"

"케이의 운명을 예측하고 계셨다… 그렇게 이해해도 되겠습니까?"

디아고의 이어지는 질문에 섀도우는 곤란한 표정을 지으며 주제를 바꿨다.

"그 이야기는 그만 하시죠. 저는 오늘 디아고 님의 이야기를 하기 위해서 온 겁니다."

"제 얘기를……?"

"네. 저는 디아고 님의 미래를 보았습니다."

*

추락한 비행선에서 빠져나온 아리아가 주변을 둘러보았다. 사방에는 먼지가 자욱했고, 어두웠다. 그녀가 빛으로 된 구를 만들어 공중에 띄우자, 순간 작은 태양이 뜬 것처럼 주변이 밝아졌다.

"다들… 괜찮아요?"

괜찮지 않았다. 비행선이 추락하면서 연구원과 부하들 중 부상자가 속출했고, 심지어 사망자도 있었다.

"키아라!"

부상자 중엔 키아라도 포함되어 있었다. 괴물에 의해 복부가 뚫린 그녀에게 크루거가 응급조치를 하고 있었다. 아리아가 그것을 보고 그녀에게 달려갔고, 해성과 말룬다도 어디선가 나타나 합류했다.

그때 어둠 속에서 낯선 괴성이 들려왔다. 아리아가 고개를 돌리자 그곳엔 그들에게 익숙한 얼굴 하나가 보였다.

"여기까지 내려오다니… 제법인걸?"

바로 미스터 창이었다. 그리고 그 뒤로 엄청난 수의 괴물들도 보였다.

"하긴, 무덤으로 삼기에 이만한 곳이 없지!"

그는 그렇게 말하고 바로 괴물로 변신해 그들을 공격하

기 시작했다. 물론 그의 뒤편에 있던 다른 괴물들도 마찬가지였다. 해성과 아리아가 제일 앞으로 뛰어나와 여러 마리의 괴물들을 상대했다. 말룬다는 후방에서 부상당한 이들을 도왔다.

싸워야 하는 괴물들의 숫자가 엄청났기 때문에 해성 일행은 고전할 수밖에 없었다. 그때 의식을 회복한 제타가 상황을 파악하고 공중으로 부양해서 염력으로 괴물들의 움직임을 저지했다.

'수가 너무 많아!'

제타는 괴물들의 움직임을 개별적으로 통제하기보다 특정한 범위를 지정해 그 영역에 들어온 괴물들의 동작을 둔하게 만드는 방식을 택했다. 그리고 그것은 제법 효과적으로 작동했다. 괴물의 공격을 완전히 멈추게 하지는 못했지만, 움직임이 둔해진 괴물들을 아리아와 해성이 빠르게 제거해 나갔다.

의외로 고전하던 상황에서 미스터 창은 제타를 발견하고 그 이유를 깨달았다.

미스터 창은 있는 힘을 다해 제타가 통제하고 있는 영역에서 벗어났다. 그리고 제타에게 일격을 날리려 했다.

하지만 크루거가 발사한 레이저가 먼저였다. 블루 다이아몬드의 파편으로 개조한 강력한 레이저 포였다. 레이저를 맞은 미스터 창의 몸이 벽에 처박혔다. 그리고 그 폭발로 인해 지반에도 금이 가기 시작했다.

거대한 굉음과 함께 그곳에 있던 괴물과 인간들이 지반 아래로 다시 한번 추락했다. 그 지반 아래에는 연구소가 있었다.

천장이 무너지고 모래가 계속 쏟아져 내리는 가운데, 붉은 비상등이 경고음을 내며 계속 깜빡거리고 있었다. 그 가운데 해성이 지끈거리는 머리를 붙잡고 일어섰다. 어둠 속에서 괴물들의 소름 끼치는 울음소리가 들려왔다.

해성은 천천히 주변을 주시하며 눈이 어둠에 익숙해지길 기다렸다.

으르렁거리던 괴물들이 하나씩 해성을 향해 달려들었다. 해성은 그중 하나를 잡아 입을 찢어버리고 주변에 피를 뿌렸다. 어둠 속에 피를 뒤집어쓴 괴물들이 피비린내를 내며 달려들었고, 해성은 그 냄새로 그들의 위치를 식별해서 하나씩 제거해 나갔다.

하지만 해성 혼자 상대하기엔 그 숫자가 너무 많았다. 잠시 후 빛과 함께 아리아가 나타나 해성과 함께 싸웠다. 아리아는 추락으로 한쪽 팔이 부러진 상태였지만 다른 한 팔로 빛의 힘을 소환하면서 괴물들이 완전히 소멸할 때까지 싸우고 또 싸웠다.

미스터 창은 해성과 아리아가 지쳐서 움직임이 둔해지는 순간을 기다리고 있었다.

그의 기대는 적중했다. 해치워도 해치워도 계속 몰려오는 괴물들을 상대하면서 두 사람은 조금씩 지쳐가고 있었다.

그리고 괴물 하나가 소멸 직전 마지막 힘을 짜내 해성을 붙잡았고, 뱀처럼 아가리를 크게 벌렸다.

그 모습을 아리아 역시 보았지만 자신을 향해 달려오는 괴물들을 상대하느라 그를 구하러 갈 수 없었다.

그 순간, 갑자기 괴물들의 움직임이 느려지기 시작했다. 모래 더미에서 겨우 정신을 차린 제타가 다시 한번 염력을 사용한 것이다. 해성은 그 틈을 노려 괴물에게 반격했고, 괴물은 먼지가 되어 소멸했다.

아리아 역시 제타 덕분에 남은 괴물들을 해치웠고, 한차례 고비를 넘긴 뒤 그 자리에 그대로 주저앉아 버렸다. 잠시 심호흡을 하며 위를 보는데,

"헉?"

계속 천장에 붙어 해성 일행을 노려보던 미스터 창이 아리아의 시선에 들어왔다. 놀란 제타가 손을 뻗어 제압하려 했으나, 미스터 창의 역습이 조금 더 빨랐다.

미스터 창은 천장에서 뛰어내려 제타의 등을 발로 찍었고, 엄청난 타격이 그녀의 척추를 박살냈다.

"제타!"

해성이 달려가 주먹을 날렸다.

미스터 창은 다시 어둠 속으로 숨었다. 하지만 해성의 일격을 미처 피하지 못한 부분은 재생되지 않고 검은 연기를 내며 소멸하고 있었다.

"크윽… 재생이 되지 않잖아?"

그는 어두운 곳에 바짝 숨어 다시 상황을 관찰했다.

해성과 아리아는 사라진 미스터 창을 추격하지 않고 일단 부숴진 벽을 지나 새로운 공간으로 이동했다. 어차피 적이라곤 미스터 창밖에 남지 않았으니 출입구 근처가 더 안전하다고 판단했기 때문이다.

두 사람은 평평한 장소에 일단 제타를 눕혔다. 다행히 목숨에는 지장이 없는 것처럼 보였지만 이 상태로 전투를 계속하는 건 무리였다.

"주변에 도움이 될 만한 게 있는지 살펴볼게요."

아리아는 그렇게 말하고 빛을 내며 주변을 둘러보았다. 공간은 연구소처럼 생겼고 사방에 유리관이 있었지만 저장소와는 전혀 달라 보였다.

'유리관 안에 들어 있는 게 뭐지?'

호기심이 동한 아리아는 유리관에 가까이 가서 액체 속에 잠들어 있는 존재를 살펴보았다. 그리고 엄청난 충격을 받았다.

"이건 대체 뭐……."

유리관 안에 들어 있는 건 페르다 왕국을 향해 떠났다는 프랑수아 5세, 즉 케이였던 것이다. 경악하는 그녀 옆에 어느새 해성도 나타나 그녀와 같은 것을 보았다.

"케이…라고?"

해성 역시 놀라움을 감출 수가 없었다. 하지만 거기서 끝이 아니었다. 공간의 중앙에는 액체를 보관하는 거대한 항아리가 있었는데, 그 항아리에 연결된 또다른 두 개의 유리관에도 각각 케이가 누워 있었던 것이다.

"어때? 우리 연구의 성과가?"

아리아와 해성이 입을 다물지 못하는 사이, 어느 틈엔가 미스터 창이 그들의 뒤로 바싹 다가와 있었다. 아리아와 해성은 경계 태세를 취했다.

"그렇게 경계하지 않아도 돼. 보시다시피 상태가 이러니까……."

미스터 창은 재생되지 않는 부위를 들어 보이며 말했다. 아리아가 보기에도 그는 이미 소멸을 향해가고 있었다.

"이게 뭔지 말해줄 수 있나?"

"폐하의 복제품이다."

"복제품?"

"외형뿐만 아니라 그 능력까지 동일하게 복제하려고 했지. 하지만 아직 실험 단계라서 정확하게 어느 정도의 능력치인지는 몰라."

세 사람이 대화를 나누는 사이, 무너진 다른 벽으로 크루거와 말룬다가 키아라를 비롯한 다른 부상자들을 데리고 나타났다. 크루거는 쓰러진 제타 옆에 키아라를 바닥에 눕혔다. 여전히 그녀는 의식이 없었다.

아리아는 미스터 창을 향해 시선을 돌렸다. 미스터 창은 이미 재생 의지를 잃고 있었다.

"이제 정말 시간이 얼마 남지 않았어."

"……."

"소멸을 멈출 수 있는 방법을 알려줄까?"

미스터 창의 눈빛이 반짝 빛났다.

"그런 게 있나?"

"믿든 안 믿든 너의 자유야. 하지만 지금 너에게 선택의 여지가 있을까?"

미스터 창은 잠시 고민했다. 하지만 이내 아리아의 말에 동의할 수밖에 없었다.

"뭐가 알고 싶은 거지?"

"여기는 뭐 하는 곳이야?"

아리아의 질문에 미스터 창은 안도하는 표정이었다.

"비밀연구소다. 보다시피 복제기술을 테스트하는 중이었고."

"그러면 다른 저장소들의 위치는?"

"그건 나도 몰라. 내가 책임진 건 제1저장소와 이 연구소뿐이라서."

"다른 저장소 책임자는?"

"디아고 권한대행."

"그가 저장소까지 책임지고 있다고?"

"당연하지. 그는 현체제를 유지하고 충성하기로 맹세한 대신 저장소에 대한 권리를 모두 양도받았다. 심지어 그걸 다른 자들에게 나눠줄 권리도 있어. 그것으로 영생을 유지하고 있지."

아리아는 다시 한번 탄식을 내뱉었다. 디아고의 배신이 충격적이기도 했지만, 그보다 그가 손에 넣은 권력을 가지고 또 어떤 일을 벌일지 불안했기 때문이다.

4.
불멸에 관하여

"뭐… 뭐라고요?"

디아고는 당황하지 않을 수 없었다. 새도우 가문의 예언자가 한 예언은 적중률 100%다. 절대 틀리지 않는 예언자가 지금 그가 죽임을 당한다는 예언을 했으니, 당연히 망연자실할 수밖에 없었다.

"당황하실 거라는 건 알았습니다."

새도우는 빙긋 미소를 지으며 말했다.

"제가 누구에게 죽임을 당합니까?"

"짐작하시고 계시는 대로입니다. 그녀가 찾아올 거라는 거… 예상하지 않으시나요?"

디아고는 말없이 고개를 끄덕였다.

"하지만 다행히도… 음, 다행이라고 해야 할까요? 어쨌든 아리아는 절대로 당신의 자리에 앉지 못합니다."

섀도우가 말을 이었다.

"그 말은… 예언자 님이 본 미래에 아리아는 없다는 이 야기일까요?"

그의 질문에 섀도우는 말없이 미소만 지어 보일 뿐이었 다.

"잘 이해가 가지 않습니다. 섀도우 님은 아리아와 아주 긴밀한 관계를 유지하셨던 것으로 알고 있는데요."

"그랬죠. 하지만 그건 과거이고, 저는 미래를 보는 사람 이니까요. 아리아와 제가 다른 건…….."

순간 섀도우의 얼굴이 갑자기 달라진 것 같다고, 디아고 는 그렇게 느꼈다.

"모든 인류는 평등하게 필멸해야 한다고 믿는 아리아와 달리, 저는 영생에 관심이 있다는 것입니다."

"네……?"

"이번에 권한대행이 되시면서 저장소와 주사에 대한 권 리까지 함께 넘겨받으신 걸로 알고 있습니다."

섀도우의 속마음을 알게 되자 디아고는 한결 마음이 놓 였다. 원하는 것이 무엇인지 아는 사람과는 거래가 훨씬 더 쉬운 법이니까.

하지만 단순히 거기에서 안심해선 안 된다. 마지막 하나까지 철저하게 살펴야 했다.

"하지만 섀도우 님은 아직 젊으시지 않습니까? 별로 필요하지 않아 보이는데요."

"네. 저는 아직 필요하지 않죠. 하지만 제 집사 마크는 이야기가 다릅니다."

"집사요?"

"그는 저에게 수족이나 다름없습니다. 그는 이제 너무 늙었지만, 저는 그가 아직 많이 필요합니다. 그래서 일단은… 제 집사 마크에게 젊음을 선물해주고 싶습니다."

디아고는 다시 반신반의하기 시작했다. 자기도 아닌 집사를 위해 오랜 동맹을 배신하겠다고? 그는 순간 망설였지만 만약 정말 그렇다면 섀도우가 자신에게 어떤 도움이 될 수 있는지를 먼저 따져보았다.

"그렇다면 아리아를 제거할 수 있는… 아니, 제가 죽음을 피할 방법이 있는 걸까요?"

섀도우 예언의 적중률을 잘 아는 디아고는 자신이 생각해도 참 어리석은 질문을 했다고 생각했다.

그런데 섀도우의 대답은 더 알 수 없었다.

"당신에게 주술사 친구가 있는 걸로 알고 있습니다."

"주술사를 이용하면 제 죽음을 피할 수도 있다는 뜻입니까?"

섀도우는 알 수 없는 미소를 지었을 뿐이었다.

"아리아에겐 해성이란 강력한 동맹군도 있는데……."

그러자 섀도우는 걱정하지 말라는 듯 손을 입술에 갖다 댔다.

"해성에 대해서는 걱정하지 않으셔도 됩니다. 그는 곧 여길 떠날 거니까요."

"떠난다고요?"

디아고의 질문에 섀도우는 이번에도 또다시 알 수 없는 미소만 지어 보일 뿐이었다.

"먼저… 주사를 하나 받을 수 있을까요? 자세한 이야기는 조금만 뒤로 미뤄두시지요."

이제 주도권은 완벽하게 섀도우에게 넘어갔다. 디아고는 무언가에 홀린 듯, 섀도우를 센트럴시티 지하 저장소로 안내했다.

"음… 전 볼 수는 없지만, 저장소의 냄새는 참 좋은데요."

섀도우는 저장소에 들어오자마자 그렇게 이야기했다. 디아고는 연구소 직원들에게 명령해 몇 개의 주사기를 챙겨왔다.

"이 정도면 충분할 겁니다."

"한 번 실험해봐도 되겠죠?"

섀도우는 그렇게 물은 뒤 그것을 집사 마크에게 넘겼다. 마크는 그것을 자신의 몸에 주입했고, 1분도 채 지나지 않아서 20년은 더 젊어진 육체를 가지게 되었다.

"효과가 정말… 놀랍네요."

마크는 거울에 비친 자신의 모습을 보며 믿을 수 없다는 표정을 지었다.

원하는 목적을 이룬 섀도우와 마크는 에어 리무진을 타고 저택으로 돌아가고 있었다. 한층 젊어진 마크는 기분이 무척 좋아 보였다.

"위치, 잘 기억했지?"

마크에게 묻는 섀도우의 목소리는 무척 진중했다.

"네. 정확합니다."

"그래야지. 실패가 있어서는 안 되니까."

오늘 밤, 섀도우는 디아고를 비롯한 그 누구에게도 그의 진짜 목적을 밝히지 않았다. 하지만 그것이 저장소와 관련된 것임을 짐작하는 데는 그리 큰 힘이 필요하지 않았다.

"성공할 수 있을까요?"

이내 심각한 표정으로 돌아온 마크가 물었다.

"성공해야지. 내 예언은 어긋난 적이 없으니까."

*

"내가 아는 건 모두 말했다."

고개를 숙인 미스터 창이 아리아에게 말했다. 이미 그의 몸은 반 이상이 소멸한 상태였고, 목소리에도 힘이 빠져 있었다.

"그러니 이제 내가 살 수 있는 방법을 말해줘."

"그건 안 될 것 같은데."

"말하면 살려준다고 했잖아!"

"네가 말한 것 중에 쓸모 있는 정보는 하나도 없었어. 새로운 저장소에 대해서 우리가 얻은 게 없는데 보상을 바라면 안 되지."

"말도 안 돼!"

화가 난 미스터 창은 마지막 힘을 다해 아리아의 목을 꺾으려고 일어섰다.

바로 그때 유리관에 들어 있던 케이의 복제품 중 하나가 눈을 뜨더니 구속 장치를 모두 풀고 유리관을 박살냈다. 그리고 그 순간 마침 재수 없게 그 앞을 지나가던 미스터 창이 그 유리관에서 터져 나온 액체를 뒤집어썼다.

"으악!"

액체를 맞은 미스터 창은 고통에 찬 비명을 질렀다. 케이의 복제품은 아랑곳하지 않고 유리관을 나와 다른 복제품들이 보관된 유리관 앞으로 갔다. 다른 복제품들을 바라보는 케이의 표정엔 언짢음이 가득했다.

그는 손을 뻗어 두 개의 유리관을 하나씩 박살냈다. 깨어나지 못한 두 번째 복제품은 아직 완전히 성장하지 못한 모양인지 흐물거리며 그대로 쓰러졌다. 첫 번째 케이는 쓰러진 두 번째 복제품을 발로 가볍게 으깨버렸다.

"안 돼! 그것들은 소중한 실험체들이란… 헉!"

자신의 작품이 또다른 작품에 의해 박살나는 것을 본 미스터 창이 애타게 외쳤지만, 첫 번째 케이는 자신이 하던 일을 그만두는 대신 미스터 창을 멈추게 하는 방법을 택했다.

그는 손을 뻗어 이제 절반밖에 남지 않은 미스터 창의 몸을 염력으로 들어 올렸다.

"이러지 마. 너를 만든 게 바로 나란……."

미스터 창은 고통에 몸부림치며 버둥거렸다. 첫 번째 케이는 망설이지 않고 이마에 박힌 레드 다이아몬드의 힘을 이용해 미스터 창의 반만 남은 육체를 갈기갈기 찢어버렸다.

그러고는 아무 일도 없었다는 듯, 세 번째 복제품까지 죽인 뒤 해성에게 다가갔다.

해성은 자신에게 다가오는 케이의 복제품을 보면서 긴장하고 있었다. 이미 해성의 몸은 그것이 가지고 있는 힘이 어느 정도인지 본능적으로 느끼고 있었다.

"나는, 황제 케이의 레플리카 마크-원이다. 그렇게 입력되어 있다."

복제품은 자신을 가리키며 그렇게 말했다. 공격을 예상하고 있던 해성은 마크-원의 갑작스런 자기 소개에 당황했다. 하지만 마크-원은 이번엔 해성을 가리켰다.

"그리고 네가 누구인지도 입력되어 있다. 그러므로, 나는 너를 안다."

그 말이 끝나자마자 마크-원은 해성의 가슴에 일격을 날렸다. 방심하고 있던 해성은 연구소 벽까지 날아가 그곳에 처박혀 의식을 잃었다.

아리아 역시 넋이 나간 듯 해성과 마크-원의 조우를 멍하니 바라보다, 해성이 공격당하는 것을 보고서야 정신을 차려 빛의 검을 꺼내 마크-원을 향해 달려들었다. 하지만 한쪽 팔이 부러진 상태로 빛의 검을 세대로 다루기는 힘들었다. 그녀는 공격다운 공격은 해보지도 못한 채 역시 마크-원의 염력에 의해 공중에서 버둥거렸다.

크루거도 가만히 있지 않았다. 레이저 건의 에너지를 모아 블루 다이아몬드로 증폭시킨 광선을 마크-원의 얼굴에 명중시켰다. 기습을 당한 마크-원이 잠시 염력에 대한 통제력을 잃자 공중에 떠 있던 아리아가 바닥에 떨어졌다.

마크-원은 이번엔 자신을 공격한 크루거 일행 쪽으로 고개를 돌렸다. 크루거는 다시 레이저 건에 에너지를 충전하고 있었고, 말룬다는 맨몸으로 부딪쳐 죽을 때까지 싸울 각오로 전투 자세를 취했다. 하지만 부상자들은 모두 고통에 신음하고 있을 뿐, 어떤 도움도 될 수 없었다.

그때, 해성이 날아간 벽 쪽에서 거대한 폭발음이 들리고 파편들이 사방으로 튀었다. 그리고 각성한 해성이 검은 에너지의 오라를 풍기며 나타났다.

해성은 번개처럼 빠른 동작으로 마크-원의 눈앞까지 질주했다. 둘은 서로 주먹을 내질렀고, 두 주먹은 허공에서 격돌했다. 순간 거대한 에너지가 부딪치고 공명하며 주변으로 퍼져나갔다. 연구소 천장이 흔들렸고, 벽은 순식간에 허물어졌다.

마크-원은 해성이 현재 보여준 힘이 자신이 습득한 데이터보다 훨씬 더 강력하다는 것을 깨달았다. 그는 자신에게 조금 더 유리한 환경을 만들기 위해 엄청난 에너지를 발산하며 공중으로 날아올랐다.

덕분에 연구소 위에는 거대한 돔 형태의 구멍이 생겼다. 지상까지 이어진 그 구멍 덕분에 사막의 뜨거운 햇살이 연구실까지 쏟아져 들어왔다. 검은 오라를 뿜어내는 해성도 마크-원을 따라 하늘로 날아올랐고, 둘은 공중에서 몇 번

합을 주고받더니 이내 서로의 힘에 밀려 사막 한가운데로 떨어지고 말았다.

"우리도 빨리 탈출해야 해!"

여전히 고통에 시달리고 있는 제타가 간절한 목소리로 외쳤다. 그녀는 마지막 남은 힘을 다해 부상자와 다른 동료들을 염력으로 지상까지 들어 올렸다. 사막으로 올라온 그들은 사막 한쪽에서 대결을 벌이는 해성과 마크-원을 보았지만 그 싸움에 끼어들 수 없었다.

아리아는 일단 눈앞의 급한 일을 먼저 처리하기로 했다.

"구조 요청부터 해. 지금 빨리 치료하지 않으면 시기를 놓칠 수도 있어!"

그녀는 부하에게 명령했고, 잠시 후 구조를 위한 A(RIA)-I 이 나타났다. 크루거는 말룬다를 도와 부상자들을 기체에 태웠다.

"전함 안에 치료 캡슐이 있을 거야."

"아리아 님은 같이 안 가시나요?"

"나는 저쪽에 좀 가봐야 할 것 같아."

말룬다의 질문에 아리아는 해성과 마크-원 쪽을 가리켰다. 무슨 일이 벌어진 건지, 둘의 싸움은 잠시 멈춘 상태였다. 외계 비행선 한 대가 그들 쪽으로 검은 연기를 내뿜으며 추락하고 있었는데, 마크-원은 추락하는 외계 비행선을 따라가고 있었고 해성이 그 뒤를 쫓는 모양이었다.

"행운을 빌어줘."

아리아는 그렇게 말하고, 전함 내에서 크루저 PT-1을 꺼내 곧장 그들을 향해 날아갔다. 잠시 후 말룬다의 명령에 의해 전함의 문이 닫히고, A(RIA)-I는 사막 위로 날아오르기 시작했다.

말룬다는 전함이 안정을 찾자마자, 아리아의 말대로 치료 캡슐을 작동시켰다. 부상자들을 각각 캡슐 안에 넣고 프로세스를 작동시키자 주황색의 액체가 캡슐 안을 가득 채웠다. HRL(healing and recovery liquid)이라 불리는 그 액체는 놀랍도록 발전한 센트럴오피스 의학기술의 결정체였다.

그 액체는 부러진 제타의 척추를 복원했고, 키아라의 뚫린 복부의 피부와 장기까지도 재생시켰다. 팔과 다리를 잃은 부상자들의 신체부위까지도.

크루거는 캡슐 안에서 회복되어가는 키아라를 보며 안도의 한숨을 내쉬었다. 하지만 그는 알지 못했다. 센트럴오피스에서 비밀리에 HRL을 개발한 것은 자신을 복제하기 위한 케이의 명령 때문이었으며, 실제로 케이의 복제품을 만드는 과정에서도 HRL을 사용했다는 것을.

물론 복제기술은 황제와 일부 연구원들만 알고 있는 기

밀사항이었다.

왜 케이가 HRL을 개발하고 자신의 복제품을 만들었는지, 이 행성을 떠나면서 어떤 사악한 계획을 숨겨놓았는지 그들은 전혀 알 수 없었다. 그저 A(RIA)-I에 올라타 동료들의 회복에 기뻐하며 자신들의 다음 목적지를 향해 천천히 날아갈 뿐이었다.

5.

칼레파 타 칼라

"우리는 짐승이 아니다!"

"죽을 때까지 일만 할 수는 없다! 우리에게 쉴 수 있는 권리를 달라!"

4구역 노동자들이 목이 터져라 구호를 외치고 있었다.

"신속하게 해산하고 귀가하십시오. 신속하게 해산하고 귀가하십시오!"

시위 소식을 접수한 플릭 요원들이 출동하여 이들의 해산을 종용했다.

"안 가면 어쩔건데! 우리는 무기도 없어!"

노동자 한 명이 플릭을 향해 빈정거리듯 말했다. 그 말을 들은 플릭 요원은 이를 악물었지만, 그들은 아무것도 할 수 없었다.

"예전 같으면 전부 다 쏴 죽였을 텐데."

최근 디아고 권한대행이 취임하면서, 센트럴오피스의 법령이 대폭 개정되었다. 무기를 소지한 채 폭력 시위를 한다면 이는 테러리스트로 간주해 즉각 사살할 수 있지만, 무기가 없다면 허가 없이 공격할 수 없도록 법이 바뀐 것이다. 강력한 독재권력을 지향하는 각 구역의 영주들은 이 개정안에 반대했지만, 디아고 권한대행은 뜻을 굽히지 않았다.

"서로의 공존을 위해서는 무고한 사상자를 줄여야 합니다."

그는 비록 케이의 뜻을 따르겠다는 약속을 하고 권력을 넘겨받았지만, 그가 꿈꾸던 이상적인 세계를 포기하고 싶은 생각도 없었다. 과격하지 않은 방식으로 넘겨받은 권력 내에서 자신이 생각하는 뜻, 자신이 꿈꾸던 체제를 만들어보고 싶었다. 그중 하나가 평화로운 시위를 보장하는 법령의 비준이었다.

하지만 세상은 디아고의 생각대로 돌아가지 않았다. 새로운 법에 의해 평화시위가 대대적으로 퍼져 나가자, 구역을 다스리는 영주들은 편법으로 시위자들을 해산시키려고 했다. 대표적인 방법은 영주들의 사병을 이용해 핵심 인물을 암살하는 것이었다.

디아고의 노력은 단순히 이런 법령의 개정에만 그치지 않았다. 그는 구역 노동자들의 삶을 개선해주기 위해 센트럴시티에 넘쳐나는 보급 물량을 각 구역에 분배해주는 파격적인 정책을 단행하기도 했다. 다만 이 제도가 제대로 시행되는지 감시하는 부분은 게을렀다.

각 구역의 영주들이 보급된 물량의 대부분을 중간에서 빼돌려 자신들이 취하거나 암시장에 팔아버렸기 때문이었다.

4구역의 시장인 아르만은 자신의 접견실에서 모니터를 통해 이 시위가 벌어지는 현장을 바라보고 있었다.

"이번 시위는 기세가 만만치 않습니다."

"기세가 거셀수록 초반에 꺾어놓지 않으면 귀찮아지는 법이지."

아르만은 무언가 골똘히 생각하며 말했다.

"혹시 시위대 중에 한두 명 정도 무장한 사람이 숨어 있다가 갑자기 난동을 피우면 어떻게 될까?"

"네?"

"그럼 그 순간 그 집단은 모두 테러리스트로 판단하고 즉각 사살할 수 있겠지?"

비서가 자신도 모르게 탄성을 뱉으며 고개를 끄덕였다.

"알겠습니다. 준비해보겠습니다."

"무슨 얘긴지 잘 모르겠지만, 준비 잘해보라고."

아르만은 언제 자기가 그런 이야기를 꺼냈냐는 듯 자연스럽게 모른 척했다. 비서는 꾸벅 인사를 하고 집무실을 나갔다.

잠시 후, 비상연락망을 통해 디아고의 호출이 왔다. 아르만은 홀로그램 영상 통화를 연결했다.

"어쩐 일이십니까, 이렇게 직접 연락을 주시고."

"오랜만이네. 한 가지 부탁할 일이 있어서."

"거절할 수 없죠. 지금 현재 저희 행성에서 가장 강력한 권한을 가지고 계신 분의 청인데."

얼핏 보기엔 빈정대는 듯한 무례한 태도였지만 디아고는 크게 신경 쓰지 않았다. 둘은 충분히 그런 말을 할 수 있을 정도로 편한 사이였고, 무엇보다 지금 디아고는 아르만에게 아주 중요한 부탁을 하려던 것이다.

"자네 가문에 내려오는 고대 주술이 필요한데……."

"고대주술이요?"

지금까지 의자에 기대어 있던 아르만이 갑자기 몸을 일으켰다. 아르만은 디아고의 말 뜻을 알고 있었다. 디아고가 처한 상황이 생각보다 심각하다는 뜻이었다.

시위 현장 한구석엔 얼굴을 가린 스카이도 함께 있었다.

그는 플릭이 출동했는데 왜 강제진압에 나서지 않는지 그 이유를 그제야 알게 되었다. 본부로 돌아가는 길에 식품과 무기 외에 새로운 소식까지 전하게 되어 왠지 든든한 느낌이었다.

레볼트의 은신처는 4구역에서 멀지 않은 곳에 있었다. 그들은 해성 일행이 저장소를 파괴하러 떠난 사이 은신처에서 저마다 훈련을 하며 센트럴오피스와의 전면전을 준비하고 있었다.

스카이와 다른 정예군들이 음식과 물품들을 가지고 돌아오자 헤나가 반갑게 맞아주었다. 스카이는 물품을 보급담당에게 전달하고 헤나와 면담시간을 가졌다.

"세상은 어떻게 돌아가고 있어요?"

"황제가 떠나고 디아고라는 자가 그의 권한을 대행하고 있다고 합니다."

"네?"

"지난번 전함 출몰 이후 황제가 사라졌다고 하더군요. 자리를 대신한 게 권한대행이고요."

"그렇군요… 그 전함은 과연 무엇이었을까요?"

"주변에 좀 물어보셨나요?"

"가능한 범위 내에서는요. 모두 처음 보는 전함이라고 해요. 센트럴오피스가 생기기 이전의 전함일 수도 있다는 얘기밖에는……."

"아리아 님의 정보력이면 좀 더 알 방법이 있지 않을까
요?"

안타까워하는 헤나를 보며 스카이가 물어보았다. 하지
만 헤나는 그 질문에 대답하지 못했다.

"아직… 연락이 되지 않는 건가요?"

"네."

"당연히 해성하고도……."

이번에 헤나는 말없이 고개를 끄덕였다.

"꼭 연락을 취해야 한다면 타케시를 보내보겠습니다."

"아니에요. 그들은 그들의 일이 있어요. 우리는 우리의
일을 하면 됩니다."

"네 알겠습니다."

스카이는 헤나의 말에 고개를 끄덕였다.

"그보다… 공격 루트 확보는 어떻게 되었나요?"

"일단 4구역 지하터널을 통해 센트럴시티로 접근할 수
있는 루트를 만들었습니다. 하지만… 해결되지 않은 문제
가 있습니다."

"4구역 시장과 합의를 하지 못했군요."

"네, 합의점을 찾는데 애를 먹고 있습니다."

"뭘 원하는데요?"

"그게… 다이아몬드를 구해 달라고 합니다."

*

4구역의 지하통로 안. 아르만이 경호원들과 함께 렌쳉
쪽으로 다가오고 있었다.

"놈이 온다, 경계 태세!"

렌쳉이 무기를 들고 있는 다른 레볼트 대원들을 향해 말
했다. 그들은 사방을 에워싸고 경계 태세를 갖췄다. 그들
이 호위하고 있는 것은 레볼트의 리더, 헤나였다.

아르만이 바로 앞에 이르자, 헤나가 망토를 풀어 가렸던
얼굴을 드러냈다.

"이제야 뵙게 되는군요. 레볼트의 리더, 헤나 님."

악수를 청하며 손을 내밀고 헤나에게 접근하는 아르만
을 벤이 가로막았다.

"떨어져서 얘기하시죠."

"괜찮아요. 협상하러 오신 분께 그러는 건 예의가 아니죠."

벤은 헤나의 말을 듣고 한 발 물러섰지만 경계를 늦추진
않았다. 그의 뒤에는 타케시와 태양이 서 있었다. 예리엘
을 제외한 레볼트의 행동대장들이 이 자리에 모여 있었던
것이다.

"죄송해요."

헤나는 무례에 대해 아르만에게 사과했다. 아르만은 괜히 사람 좋은 척 웃음을 지어 보였다.

"괜찮습니다. 협상만 제대로 되면 되죠. 약속한 물건은 가져오셨습니까?"

헤나는 주머니에서 블루 다이아몬드를 꺼냈다.

"이게 바로 베일에 쌓여있던 바로 그 다이아몬드라는 거군요. 근데……."

아르만은 다이아몬드를 처음 보는지 샅샅이 살펴보면서 조심스럽게 말했다.

"제가 말씀드렸던 건 블루가 아니라 레드였는데요. 레드는 안 가져오셨나요?"

그 말에 스카이가 화들짝 놀라 말했다.

"저한테 분명히 블루라고 말씀하셨는데요!"

"그런가요? 기억이 잘 나지 않는군요."

아르만은 뒷머리를 긁으며 능청스러운 표정을 지었다.

"레드 다이아몬드는 아직 저희도 본 적이 없습니다."

"그 손에 있는 게… 블랙! 맞죠?"

아르만이 헤나에게 다가가 건틀릿을 살펴보려 하자, 다시 한번 벤이 막아섰다.

"한 번만 더 가까이 오면 가만두지 않겠어."

이번엔 아르만의 경호원들도 가만히 있지 않았다. 아르만은 능글맞게 경호원들을 진정시켰다.

"알았어요. 안 가면 되잖아요."

아르만이 쿨한 척 넘어가자 다시 곤란해진 건 헤나였다. 헤나는 벤에게 다시 주의를 주었다.

"벤도 진정해요. 우린 대화하러 온 거예요. 이런 식이면 아무것도 할 수 없어요."

"괜찮습니다. 사실 다이아몬드는 그렇게 중요한 문제가 아닙니다. 더 급한 일이 있거든요."

여태까지 다이아몬드로 온갖 호들갑을 떨어놓고 이제 와서 별 일이 아니라니, 스카이를 비롯한 레볼트 대원들은 아르만을 곱지 않은 눈길로 바라보았다. 그러나 아르만은 주변 반응 따위는 신경 쓰지 않고 말을 이어갔다.

"사실은……."

그리고 그가 내뱉은 말은 또 한번 주변 사람들을 당황하게 만들었다.

"디아고 권한대행님께서 헤나 님을 만나고 싶어 하십니다."

6.
동행

"디아고 권한대행이라고요?"

헤나는 난감한 표정을 지었다. 그녀가 디아고에 대해 아는 거라곤, 케이가 떠난 후 그가 모든 권한을 이어 받았다는 사실뿐이었다. 그렇다면 그는 과거 케이와 같은 황제 역할을 하는 사람이라고 보아도 될 것이다.

그런데 그가 자신을 만나고 싶어 한다고? 그와 만나서 좋을 게 있을까?

"그분이 지금 4구역에서 저를 기다리고 계신다는 걸까요?"

"아뇨. 센트럴시티에 계십니다."

헤나의 질문에 아르만이 빠르게 답했다. 그러자 렌쳉이 끼어들었다.

"그럼 지금 헤나 님을 센트럴시티로 모시고 가겠다는 말입니까? 그건 위험합니다."

"이거 참 곤란하네요. 협상을 위해 나온 자리에서 저는 계속 무례한 취급을 받았습니다. 저는 분명 레드 다이아몬드를 요청했는데, 가지고 나온 물건도 달랐고요. 그래도 꾹 참고 다음 조건을 내놨는데, 계속 이런 식으로 저를 대할 겁니까?"

어느새 교묘한 말솜씨로 아르만은 자신을 피해자의 위치에 놓고 논리를 전개하고 있었다.

"여러분은 지금 제가 통치하는 영토에 있는 비밀통로를 빌리려고 하는 겁니다. 여기서 협상을 중지해도 괜찮을까요?"

순간 헤나를 비롯한 레볼트 대원들이 말을 잃었다.

"알겠어요. 디아고 권한대행을 만나겠어요."

헤나가 마침내 입을 열었다. 사실상 다른 방법이 없었다.

"그렇다면 헤나 님, 저희가 호위하겠……."

"한 명."

아르만이 벤의 말을 가로막았다. 완벽히 전세가 역전되었다.

"가는 길에 감시 카메라가 많습니다. 센트럴오피스의 안면인식 AI에게 여러분의 얼굴을 모두 노출해도 괜찮습니까?"

"……."

"동행은 한 명으로 제한하겠습니다. 그리고 헤나 님은 저와 같은 차를 타고, 동행하시는 분은 뒤따라오는 차에 탑승하게 됩니다."

레볼트의 행동대장들의 얼굴엔 불만이 가득했다. 하지만 이미 주도권은 넘어간 후였다.

잠시 후, 헤나와 아르만이 리무진을 타고 센트럴시티를 향해 떠났다. 타케시가 탄 리무진도 그들을 따라 센트럴시티로 향했다.

*

두 대의 리무진은 이른 새벽부터 4구역 사막을 달렸다. 창밖에는 타케시에게 익숙한 광경이 펼쳐지고 있었다. 나노 메탈 장갑차와 그 뒤를 따라가는 분주한 플릭 요원들의 모습이었다.

'뭐지? 어디서 소요라도 일어난 건가?'

타케시는 플릭 요원들의 모습을 보며 예전의 자신과 크루거를 잠시 떠올렸다. 하지만 그것도 잠시, 플릭의 나노 메탈 장갑차가 낡은 건물을 향해 레이저를 발사했고, 낡은 건물이 굉음을 내며 무너지면서 그는 다시 현실로 돌아왔다. 폭발로 무너진 건물에서 피를 흘리는 노동자들이 나와 플릭과 대치하는 모습이 보였다.

"무슨 일이죠?"

헤나의 질문에 아르만은 별 거 아니라는 듯 대답했다.

"폭동이 있나 본데요. 걱정하실 필요 없습니다."

하지만 헤나의 눈에 비친 상황은 아르만의 말과는 전혀 달랐다. 거리에는 비무장 상태의 어린아이와 노동자들이 방치되어 있었고, 플릭과 AI기동대는 발포하기 직전이었던 것이다.

"멈추세요! 멈추라고요!"

헤나가 갑자기 큰 소리를 내자, 아르만은 할 수 없다는 듯 차를 멈추라는 신호를 보냈다. 헤나는 당장 문을 박차고 내려서 플릭이 진압 중인 현장으로 다가갔다. 뒤따라온 리무진에서 내린 타케시도 부리나케 그녀의 뒤를 따랐다.

헤나는 소요 사태가 일어난 현장의 중심으로 들어가 블랙 다이아몬드가 장착된 건틀릿을 이용해 날아오는 총알을 막았고, 타케시는 블루 다이아몬드를 이용해 크리스털 에너지 실드로 사람들을 보호했다.

총알이 날아오는 곳에선 무기를 들고 폭동을 일으킨 사람들과 플릭 요원들이 교전하고 있었다. 헤나는 그쪽으로 달려가 염력을 사용해 플릭의 레이저와 폭도들의 무기를 무력화했다. 그리고 공중으로 올라가 사람들에게 말했다.

"멈추세요. 당신들이 무기를 사용하면 무고한 이들이 목숨을 잃을 수도 있어요."

사람들은 마치 구세주를 만난 것 같은 표정으로 헤나를 바라보았다.

하지만 플릭은 감탄하지 않았다. 나노 메탈 장갑차에서 또다시 레이저 포가 발사되었다. 헤나는 염력으로 그 공격을 막았지만 완벽하게 방어하지는 못했다. 그녀는 레이저의 공격을 받고 바닥으로 추락했다. 헤나의 염력이 사라지자, 플릭은 다시 폭도들을 소탕하기 시작했다.

"무기를 들어서는 안 돼요! 절대 무기를 들어서는……."

농성을 주도한 사람들이 사태를 수습하려 했지만, 중간에 아르만이 심어놓은 프락치들이 무기를 발포하면서 공격을 유도했다. 노동자들을 향한 AI기동대의 공격 역시 점점 더 강해졌다. 이에 분노한 타케시는 레이저 건을 꺼내 메탈 장갑차를 향해 쏘았다. 블루 다이아몬드의 능력이 포함된 레이저 포는 장갑차를 완전히 박살 냈다.

뜻밖의 공격에 자산을 잃은 플릭도 반격에 나섰다. 현장을 통제하던 5팀을 지원하러 온 1팀의 리더가 타케시를 향해 공격을 명령했다.

"저 자를 공격해!"

그 말이 끝나기 무섭게 타케시를 향해 레이저 다발이 몰려들었다. 타케시는 크리스털 에너지 실드를 펼쳐 플릭의 레이저 공격을 무마시키며 쓰러진 혜나에게 접근했다.

"괜찮으십니까?"

혜나는 손바닥을 펴 타케시에게 괜찮다는 수신호를 했다. 그녀의 주변은 죽은 시위자들의 시체로 가득했다. 모두 4구역의 노동자들이었고, 어린아이도 섞여 있었다.

'죄 없는 어린아이들까지…….'

분노한 혜나는 통제력을 상실하고 폭주하기 시작했다. 건틀릿에 온힘을 집중해 공중으로 빠르게 솟아올랐다. 그러고는 하늘에서 플릭 요원들을 내려다보며 말했다.

"너희들도 한 번 당해봐!"

그녀는 양손을 펼쳐 염력으로 플릭 요원들의 나노 아머를 제거하기 시작했다.

"무기가 없어서 대항할 수 없는 무력함을 한 번 느껴보라고!"

나노 아머를 잃은 플릭 요원들은 벌거벗겨진 것이나 다름없었다. 그들은 당황해서 아무것도 못 하고 멍하니 혜나를 바라볼 뿐이었다. 하지만 혜나의 복수는 이제부터 시작이었다. 그녀는 염력으로 플릭 요원들의 목을 붙잡아 하늘로 들어 올렸다.

"커허헉⋯!"

평범한 인간으로 돌아간 플릭 요원들이 공중에서 고통에 몸부림치기 시작했다.

"헤나 님! 그만하십시오! 그들도 똑같은 인간입니다!"

타케시가 헤나를 말리려고 소리를 질렀지만, 헤나에게는 들리지 않았다.

"그만하라고! 똑같은 자가 될 셈이야?"

그 말이 헤나의 귀를 때린 걸까. 그제야 그녀는 플릭들을 놓아주고 땅으로 내려와 망연자실한 표정으로 쓰러졌다.

"네가 1팀 팀장이냐?"

타케시는 목을 붙잡고 괴로워하는 플릭 요원에게 다가가 물었다. 나노 슈트 어깨에 새겨진 표식이 그가 1팀의 리더임을 말해주고 있었다.

"그⋯ 그렇다. 당신들은⋯?"

하지만 그는 질문에 대답하지 않았다. 대신 전해야 할 말 한마디만 남기고 돌아섰다.

"오늘 보고 들은 건 다 잊어버려. 그게 네 신상에 좋을 거다."

"대단하십니다. 이게 바로 블랙 다이아몬드의 위력이군

요."

그렇게 말하며 헤나의 건틀릿을 바라보는 아르만의 눈빛이 또 한번 기분 나쁘게 반짝였다.

"눈앞에서 직접 보다니 정말 영광입니다. 잠깐만요, 그전에 여기 뒷처리를 좀 해야 하니까."

아르만이 경호원들을 보며 가볍게 손뼉을 부딪쳤다. 그러자 경호원들은 살아남은 플릭 요원들의 목을 꺾었다.

"무슨 짓이에요!"

그러자 아르만은 또다시 뻔뻔스럽게 응수했다.

"저들이 살아남아 센트럴오피스에 오늘 일을 보고한다면 어떻게 될까요? 뒷탈이 생길 일은 미리미리 막자는 게 제 삶의 모토입니다."

"그러기엔 카메라가 너무 많은데."

타케시가 곳곳에 설치된 CCTV를 둘러보며 말했다.

"귀찮긴 하지만 영상이야 조작이나 유실이 훨씬 쉬우니까요."

아르만은 눈까지 찡끗하며 대답했다. 헤나와 타케시는 자신들을 공범 취급하는 아르만의 태도가 끔찍할 정도로 싫었지만 노골적으로 그것을 따질 수는 없었다.

*

혜나와 타케시는 다시 리무진에 올랐다. 혜나 덕분에 살아남은 사람들은 차에 타는 그녀를 물끄러미 바라보고 있었다. 그러던 중 혜나는 가장 어려 보이는 여자 아이 하나와 눈이 마주쳤다.

'나도 저 아이처럼 아무것도 모르고 공장에 다니던 시절이 있었지…….'

생각해보면 그 모든 게 어제 일 같은데, 지금은 다시 되돌아갈 수 없을 만큼 먼 길을 떠나온 것 같았다. 혜나의 눈시울이 붉어졌다. 여자아이는 떠나는 리무진을 향해 미소를 지으며 손을 흔들었다. 혜나 역시 그 아이를 향해 손을 흔들어주었다. 그러면서 어쩌면 자신이 손을 흔들고 있는 건 어릴 적 자신일지도 모른다는 생각을 잠시 했다.

혜나는 다시 태연한 척 옆에 앉은 아르만에게 말을 걸었다.

"이런 폭동이 자주 일어나나요?"

"종종 일어나는 편이죠."

"이런 식으로 진압하는 것 외에 다른 방법은 없고요?"

"글쎄요. 진압은 플릭의 권한입니다. 구역의 시장도 이런 일에 상관할 수 없죠. 폭동 제압은 센트럴오피스의 영역이거든요."

방금 전 무참하게 사람들을 살해하고도 사무적인 태도를 보이는 아르만이 그녀는 두려웠다.

"…헤나 님은 이런 무력 진압에 반대하시나 보군요."

"저는 명분 없는 전쟁은 살인이나 악행과 다르지 않다고 보는 편입니다."

"악이라… 오랜만에 듣는 말이네요."

아르만의 얼굴에 흥미롭다는 표정이 어렸다.

"선과 악은 신이란 기준이 존재할 때만 명확하게 나뉠 수 있죠. 하지만 같은 인간들끼리 정의하는 선악은 결국 어느 입장에 서느냐에 따라 달라지는 상대적인 것 아닐까요?"

또 한번 궤변으로 논리를 어지럽히는 아르만을 보며, 헤나는 더이상 그와 대화하고 싶지 않다고 생각했다. 다행히 리무진이 터널로 들어서면서 차 안이 어두워졌고, 다른 주제를 꺼내기에 적당한 분위기가 만들어졌다. 아니나 다를까, 아르만이 다른 주제를 들고 나왔다.

"카이로는 정말 카림이 죽인 겁니까?"

"어떻게 카이로 님을 아시죠?"

"레볼트 전쟁 때 제가 무기를 제공했습니다. 전쟁을 함께한 파트너라고나 할까요?"

그 말을 들으며 헤나는 방금 전 아르만이 한 끔찍한 행동을 떠올렸다. 그는 4구역의 통치자이면서 동시에 레볼트와도 협력했고, 플릭에 협조하면서도 자신의 이익을 위해 플릭을 죽일 수도 있는 인물이었다.

선과 악에 관계 없이 오로지 자신의 이익만을 위해 행동하는 인물. 그리고 선악은 상대적이라며 궤변을 펼쳐 스스로의 행동을 정당화 할 수 있는 사람.

"그럼 카림은 죽은 겁니까?"

"검은 연기를 내면서 소멸했으니까… 죽은 게 맞겠죠?"

"여태까지 카림을 건드릴 수 있는 건 케이밖에 없다고 생각했는데… 카림을 죽였다니 정말 힘겨운 싸움을 치르셨군요! 대단하십니다."

혜나는 어둠 속을 달리는 리무진의 창에 비친 아르만의 얼굴을 보았다. 그의 얼굴 위에 카림의 괴물 같은 모습을 비롯해 굉장히 많은 모습이 겹쳐 있는 것 같았다.

Part 3.

두 번째 변종

1.
시스 전쟁

혹독하게 추운 겨울, 검푸른 눈이 쌓인 야산에 레이저들이 사방팔방 교차하고 있었다.

"전 병사 전진!"

하늘 위에서는 전투기들이 굉음을 내며 서로의 꼬리를 무는 개싸움을 벌이고 있었고, 땅에선 지휘관이 보병들에게 돌격 명령을 내렸다. 그리고 적진을 향해 달려가던 군인 무리들 중, 아직 앳된 얼굴에 여드름이 가득한 소년병 하나가 한 걸음씩 힘든 걸음을 옮기고 있었다. 케이였다.

그레타와 요나스의 죽음은 그냥 묻히지 않았다. 시스인들도 그 일을 벌인 것이 루나벤켄도르 가문이라는 것을 알게 되었고, 그들이 그레타를 대신해 새롭게 파견한 관리자는 그레타처럼 너그럽지 않았다. 그러던 어느 날 무리한 채굴량 요구를 견디지 못한 광부 하나가 관리자에게 따지러 갔다가 살해당하는 일이 발생했다.

처음 사건이 발생했을 때, 광부들은 관리자의 진심 어린 사과와 향후 재발 방지, 그리고 환경 개선 등의 상식적인 조치를 기대했다. 하지만 관리자는 다른 길을 택했다. 의료기록을 조작해서 광부의 사인을 병사病死로 처리하고 사실을 은폐하려 했다.

당연히 이런 눈에 뻔히 보이는 조작이 통할 리 없었다. 이번엔 다른 광부 둘이 나서서 정확한 진상 조사를 요구했다. 하지만 그들 역시 의문의 죽음을 맞이하자, 결국 민중의 분노가 폭발하고 말았다. 분노한 광부들의 폭동이 일어나자 겁에 질린 관리자는 황급히 시스 행성에서 도주해 그 사실을 황실에 알렸다.

이때 만약 데라크스가 정확한 조사와 제대로 된 처벌을 약속했으면 상황은 진정될 수도 있었을 것이다. 하지만 그는 시스인을 하찮게 여겼고, 곡괭이를 든 자들이 레이저 건을 든 군인에게 대항하는 것은 무모한 짓이라고 생각했다.

무엇보다 이유가 어찌 됐든, 약자가 강자의 취급에 반발하는 것을 이해하지 못했다. 낮은 계급은 자신의 삶을 견디며 상류층에게 복종하는 것이 세상의 질서라고 여겼던 것이다. 정작 자신은 황제를 암살하고 그 자리에 올랐으면서도.

그렇게 3년 전, 케이가 시스 행성을 떠난지 13년째 되던 해에 시스 전쟁이 발발했다.

시작은 간단했다. 데라크스는 시스 행성에서 일어난 폭동을 '반란'으로 규정하고 그것을 진압하기 위해 백여 명의 군인을 투입했다. 하지만 광부들은 자신들에게 유리한 지리적 특성을 이용해 게릴라전으로 그들과 맞섰다.

어이없게 백여 명의 정규군 대부분이 평범한 광부들에게 붙잡혀 포로가 되거나 사망하는 결과를 낳았다.

그러나 테라크스는 군인들의 수를 계속 늘려갔고, 때문에 시스 전쟁이 진행되는 3년 동안 사망한 군인의 수는 수천 명에 이르렀다. 그리고 마침내 사관학교를 막 졸업한 케이까지 이 전선에 투입되는 상황이 오고 만 것이었다.

방사능에 면역력이 있는 시스인들은 시스 원료도 무기처럼 사용했다. 그들은 곳곳에 진지처럼 시스 원석을 쌓아두어 면역력이 없는 외부의 군인들에게 치명적인 대미지를 주었다. 그외에도 도끼, 칼, 곡갱이 등에도 시스 원석을 묻혀 방사능에 취약한 군인들을 상대하는 데 사용했다.

"로봇 투하!"

시스 전쟁의 책임자인 제루카 대령의 명령에 따라 대기 중이던 100대의 로봇이 공중에서 낙하를 시작했다.

로봇 지원군의 투입은 전세를 뒤집을 만큼 효과적이었다. 무엇보다 로봇은 페르다 왕국 군인들의 가장 큰 약점인 방사능의 영향을 받지 않았다. 자신들의 전선을 사수하던 광부들이 도미노처럼 무너졌고, 케이는 그 틈을 놓치지 않고 제1전선의 심장부까지 침투했다.

"모두 손들어!"

광부들은 로봇을 상대하느라 케이가 접근해 오는 것을 눈치채지 못했다가, 케이가 총구를 들이대고 나서야 뒤늦게 레이저를 발사했다. 하지만 레이저는 빗나갔고, 케이의 응사에 광부들은 죽어나가기 시작했다.

"……?"

그런데, 쓰러진 광부 중 한 얼굴이 눈에 익었다.

"벤나지……?"

그와 함께 어린 시절을 보낸 친구 벤나지였다.

"케이구나. 오랜만이네……."

벤나지는 상처를 부여잡고 작은 목소리로 말했다.

"옛 친구들이 많이 보이네… 얼마 전엔 카림도 봤는데……."

"뭐 카림을 봤다고?"

케이는 깜짝 놀랐다. 벤나지는 사그라져 가는 목소리로 간신히 말을 이어갔다.

"근데 너는… 시스인이면서 왜…….."

벤나지는 뭔가 말을 더 하려고 했으나 그 말을 마치지 못했다. 어느새 전선까지 진출한 전투로봇이 그의 머리를 터트려 사살한 것이다. 벤나지의 뜨거운 피와 살점이 케이의 얼굴을 덮었다.

순간 케이는 이성을 잃고 로봇에 레이저를 쏘아댔다. 로봇은 케이가 적이 아닌 것을 인식하고 있었지만, 자신이 느끼는 위험에 대해서는 즉각적으로 반응했다.

잠시 후, 로봇 한 대를 고철로 만들고 나서야 케이는 씩씩거리며 움직임을 멈췄다. 그의 앞에는 여전히 피투성이가 된 옛 친구의 시체가 나뒹굴고 있었다.

"너는 시스인이면서 왜…….."

케이의 머릿속에서는 벤나지의 질문이 떠나지 않았다.

로봇이 투입된 이후, 전투는 싱거울 정두로 간단히 페르다 군의 승리로 돌아갔다. 케이도 막사로 돌아갈 준비를 하던 찰나, 제루카의 호출을 받았다.

"우리 100기의 로봇 중 유일하게 파괴된 1대가 셧다운되기 전에 보내온 영상이다."

제루카는 그렇게 말하고, 케이가 로봇을 파괴하는 영상을 보여주었다.

"죄송합니다, 숙부님."

"이 영상 하나 때문에 너는 공개처형을 당할 수도 있어. 그리고 당연히 너를 사관학교에 추천한 내 입지도 위태로워진다."

제루카는 아직 데라크스가 케이를 면밀히 주시하고 있다는 것을 알고 있었다.

"제가 어떻게 책임지면……."

"네가 책임질 수 있는 문제가 아니다."

제루카가 케이의 말을 끊었다.

"영상은 내가 어떻게든 막아보마. 너도 주변을 잘 단속하도록 해. 특히 데라크스 쪽 사람들한테 이 일이 알려지면 절대로 안 돼."

"네."

케이는 경례를 하고 뒤를 돌았다.

"……너는 아직도 내가 어려운 거냐?"

뒤돌아 나가는 케이의 모습에 대고 제루카는 안타까운 목소리로 물었다.

"꼭 대답해야 하는 질문입니까?"

"아니. 대답하기 싫다면, 안 해도 상관없다."

그 말이 채 끝나기도 전에 케이는 바깥으로 나가버렸다.

제루카는 케이에게 편하게 '루'라고 부르라고 말했지만,

케이는 단 한 번도 그를 그렇게 부른 적이 없었다. 제루카는 케이의 목숨을 구해주고 지금까지 키워줬으며 그를 가족이라 생각했지만, 케이는 한 번도 루나벤켄도르 가문에 소속감을 느껴본 적이 없었다.

케이에게 루나벤켄도르 가문은 어머니를 살해한 원수였고, 제루카는 복수할 때까지 살아남기 위한 도구일 뿐이었다.

*

막사로 걸어가는 케이의 어깨에 누군가 팔을 올렸다.

"뭐해! 케이 루나벤켄도르!"

그는 방호복을 입은 동료 노아였다. 둘은 상등병으로 계급이 같았다.

"내가 그렇게 부르지 말라고 했을 텐데."

케이는 퉁명스럽게 답했지만 입가엔 웃음을 머금고 있었다. 노아는 케이를 이해해주는 몇 안 되는 친구였기 때문이다.

노아는 건장한 체격을 가지고 무술과 사격에 뛰어난 군인이었다. 하지만 그는 평화주의자를 자처했다.

"군인인데 평화주의자라니, 뭔가 모순적이지 않아?"

그러나 노아가 가진 모순은 그것만이 아니었다. 그는 남성과 여성의 생식기를 모두 가지고 태어난, 이른바 인터섹스라 불리는 변종이었다. 남자와 여자의 생식기를 모두 가지고 있지만 둘 다 불완전하기 때문에 남자도 여자도 될 수 없는 모순적인 존재.

많은 편견을 극복하고 군인이 되었지만, 부대 내에서 그는 아웃사이더가 될 수밖에 없었다. 그때 케이 역시 대령의 조카라는 소문이 돌면서 따돌림을 당하게 되었고, 둘은 자연스럽게 가까워졌다.

"알았어. 원하는 대로 불러줄 테니까 약속은 지켜."

"뭐?"

"너 고향에 오면 나한테 여기 구경시켜주기로 했잖아. 설마 잊어버린 건 아니지?"

노아의 말을 듣고 케이는 잠시 고민에 빠졌다. 그가 생각하던 시스 행성은 예전 자신이 뛰어놀던, 아름다운 자연이 있는 곳이었다. 그런데 과연 전쟁으로 황폐화된 이곳에 자신이 보여줄 것이 아직 남아 있을까?

"뭐야! 고민보단 고! 안내하라고!"

하지만 쾌활한 목소리로 자신을 떠미는 노아를 더 말릴 수 없었다.

둘은 어릴 적 케이가 함께 살던 동네를 걸었다. 역시 3년이나 지속된 전쟁으로 많은 집들이 무너져 있었다. 이미 불타 없어진 그의 집은 공터가 되었고, 그곳에는 시스 원석으로 만든 작은 탑이 하나 서 있을 뿐이었다.

시스인을 위해 희생된 영웅 그레타와 요나스를 그리며
In memory of Greta and Jonas sacrificed for Syss.

탑에는 그런 문구가 쓰여 있었다. 노아와 케이는 잠시 동안 말없이 그 문구를 바라보았다.

"거기 두 사람, 여기서 뭐 하나?"

두 사람이 느끼고 있던 숙연한 공기가 갑작스런 틈입자의 목소리에 의해 깨졌다. 안개 속에서 방호복을 입은 왕티카오 중위와 그를 따르는 부사관 패거리들이 나타났다.

"이게 누구야. 상사 보기를 개떡같이 아는 루나벤켄도르 가문의 자식 놈 아냐?"

케이를 보자마자, 왕티카오는 마음에 드는 먹잇감을 발견한 눈빛을 지었다.

"루나벤켄도르 가문의 자식이지만 시스인이면서 또 엄마는 천민 출신이라지?"

그는 그렇게 이죽거린 뒤, 그 옆에 경직된 자세로 서 있는 노아를 힐끔 보았다.

"귀족이면서 천민인 병사와 남자이면서 여자인 병사의 조합이라니… 어때, 신기하지 않아?"

왕티카오가 비열한 표정으로 모멸적인 농담을 하고, 뒤에 있던 그의 수하들이 키득거렸다. 순간 케이의 주먹이 꾹 쥐어졌다. 하지만 노아가 그런 그의 팔을 꽉 잡았다.

"농담이 조금 지나치신 것 같습니다, 중위님. 저희 군은 다양성을 인정하고 차별성 발언은 금지하고 있으니까요."

하지만 그 말은 왕티카오를 더 자극할 뿐이었다.

"자네, 지금 상관의 말에 반박한 건가?"

나선 것은 왕티카오가 아니라 그의 뒤에 있던 하사였다.

"그렇다면 자네들은 우리 군의 기본인 상명하복에 대해서도 잘 알고 있겠군?"

하사와 왕티카오 중위는 은밀한 눈빛을 주고받았다.

"지금부터 시스 행성의 방사능에 대한 병사들의 적응 능력을 테스트하겠다. 둘 다 옷을 싹 벗어보도록!"

케이는 걱정스런 표정으로 노아를 바라보았다. 케이는 시스 행성에서 태어났으니 면역력이 있었지만 노아는 그렇지 못했다. 그리고 그들이 노아에게 주고 싶은 것은 단순히 방사능에 대한 고통만은 아니라는 것도 잘 알고 있었다.

"뭘 멍하니 보고만 있어! 그렇게 군법에 대해 잘 알고 있으면서 상관의 명령을 수행하는 것도 안 배웠나!"

"시스 행성의 방사능은 강력합니다. 잠깐만 노출되어도 치명적인 부상을 입을 수 있습니다!"

노아를 보호하고 싶었던 케이가 다급하게 말했다. 하지만 하사는 전혀 흔들리지 않았다.

"상등병 노아! 자네에게도 시스인의 피가 흐르고 있지 않나?"

"절반은 시스인의 혈통이 맞습니다."

"그렇다면 너도 면역이 있을 확률이 절반은 되잖아?"

하사의 억지에 다시 한번 케이가 소리쳤다.

"면역력은 시스에서 태어난 경우에만 적용됩니다. 노아 상등병은 페르다 왕국 출신이라……!"

"그러니까 그걸 확인해보자고!"

뒤에서 지켜보고 있던 왕티카오가 사악한 표정으로 소리쳤다.

"뭐 하고 있어! 즉시 실시!"

하사가 명령했다. 노아와 케이는 방호복을 먼저 탈의한 뒤, 이어 속옷까지 모두 벗었다.

"그래… 듣기만 할 땐 몰랐는데, 이제 확실히 알겠군."

노아가 모두 옷을 벗자, 하사가 더럽고 음탕한 눈빛으로 그 몸을 훑어보며 모욕적으로 말했다. 그의 성기는 남성의 것이었지만, 가슴은 어느 여성보다도 풍만하고 부드러워 보였다. 하지만 하얗고 부드러운 그 가슴은 방사능에 오염되어 천천히 반점이 번져 나가고 있었다.

어린 시절부터 이런 취급을 당해온 노아는 이를 악물고 모욕과 고통을 참아내고 있었다.

"이제 그만해주십시오. 면역력이 없다는 건 충분히 확인되었지 않습니까?"

"지금 상관한테 무슨 태도야!"

하사가 고함을 질렀지만 케이 역시 물러서지 않고 그를 노려보며 맞섰다. 둘 사이에 마치 폭발 직전의 화산 같은 긴장감이 흘렀다.

"지금 거기서 다들 뭐 하는 거야!"

다행히도 이때 게르마니아 중령이 나타나면서 겨우 상황은 일단락될 수 있었다.

"당장 옷과 방호복 착용해!"

중령은 나체 상태인 두 병사를 보자마자 명령하고 막사로 돌아가라고 했다.

사실 케이는 이 일을 문제 삼고 규정대로 왕티카오가 처벌받기를 원했다. 하지만 현장을 발견한 상관이 게르마니아 중령인 것을 알자 그런 기대는 버릴 수밖에 없었다. 왕티카오는 게르마니아의 조카였기 때문이다. 사실 왕티카오가 중위 계급이면서도 이렇게 무소불위로 설치고 다닐 수 있는 것도 그 이유 때문이었다.

그날 밤 두 병사는 바로 막사로 돌아가지 않았다. 둘은 버려진 광부의 집으로 들어가 또 한번 옷을 벗었다. 자신의 몸 상태를 확인하던 노아는 깜짝 놀랐다. 방사능에 오염된 피부가 어느새 깨끗하게 돌아가 있었던 것이다.

"몰랐는데 나한테도 면역력이 있나봐."

짙은 달빛이 그들의 몸을 비추고 케이는 입술로 노아의 살결을 어루만졌다.

"사실 네 고향에서 제일 하고 싶었던 건 이거였어."

사랑을 나누고 난 뒤 노아가 케이를 바라보며 말했다. 하지만 케이의 머릿속은 다른 생각으로 가득 차 있었다.

"무슨 생각을 그렇게 하는 거야?"

"그놈… 반드시 죽여버리고 말겠어."

"어쩌려고? 그놈 뒤에 누가 있는지 알면서. 시도하는 순간 네가 먼저 죽을 걸."

노아는 걱정스런 표정으로 케이를 바라보았다. 케이가 좋았지만, 가끔씩 물불 안 가리고 달려드는 그의 성격 때문에 마음이 편하지 않았던 것이다.

2.
재회

　무려 3년을 끌어오던 시스 전쟁은 제루카와 로봇 부대가 투입된 뒤 어이없게 끝나버렸다. 방사능이 통하지 않는 로봇들의 공격 앞에 원시 무기로 무장한 광부들의 게릴라전은 더이상 아무 효과가 없었던 것이다.

　전쟁이 종결된지 30일 만에 제루카와 점령군은 폐허가 된 곳들의 재건사업을 시작했다. 그건 시스 행성을 위해서가 아니었다. 하루 빨리 시스 원료를 다시 생산하라는 데라크스의 명령이 있었기 때문이다. 때문에 많은 귀족들이 데라크스의 눈에 들기 위해 스스로 시스 행성으로 이주해 자신들의 노비를 재건 사업에 제공했다.

　물론 케이와 노아를 비롯한 군인들도 재건 사업에 투입되었다.

"시스 원료 재생산까지는 얼마나 걸리지?"

홀로그램 모니터에 비친 데라크스가, 이제는 시스 행성의 재건 책임자로 영전한 제루카에게 물었다.

"계획대로면 3개월 안에 가능할 겁니다."

"너무 늦어. 더 앞당길 수는 없나? 원료 부족 때문에 지금까지 낭비한 시간이 너무 많아. 가능한 빠른 시일 내에 더 많은 원료를 채굴할 수 있도록 해."

후작의 말을 듣고 있는 제루카는 긴장할 수밖에 없었다. 전쟁이 끝났다고 해서 평화가 찾아온 것은 아니었다. 시스 행성은 재건 이후 더욱 심한 노동과 착취에 시달릴 수밖에 없을 것이다.

"네, 알겠습니다."

제루카는 고개를 숙이며 대답했다.

"그리고, 왜 로봇 1기에만 문제가 생긴 거지? 이유는 파악됐나?"

"데이터 송신 때 방사능에 노출돼 가벼운 장애가 있었던 것 같습니다."

"다른 로봇은 다 잘 작동하는데 왜 그 1기에만 문제가 있는 거야?"

데라크스의 의심은 쉽게 걷히지 않았다.

"아무래도 실험단계에 있던 걸 바로 현장에 투입해서

그런 것 같습니다. 그래도 중요한 오류가 아니라 다행입니다."

"알았네. 다음에는 더 좋은 소식으로 보고하도록."

데라크스가 통신을 끊고 나서야 제루카는 안도의 한숨을 내쉬었다.

케이는 재건에 필요한 기자재를 신청하기 위해 행정반에 갔다가 낯익은 뒷모습을 보고 숨이 막히는 듯한 기분을 느꼈다.

행정반에서 전역 신청을 마치고 페르다 왕국으로의 전입 서류를 작성하고 있는 군인. 바로 케이의 은화를 훔쳐 달아났던 카림이었다.

카림을 보았다는 벤나지의 말이 생각했다. 그때는 헛소리라고만 생각했는데…….

케이는 서두르지 않았다. 정확히 확인해야 했다. 케이는 행정반을 나가는 그의 뒤를 밟았다. 혹시라도 자신의 착각 때문에 엉뚱한 사람을 오해하는 일은 없어야 했기에.

공사 현장을 지나갈 때, 그 남자 옆으로 시스 원석 무더기가 떨어졌다.

"젠장!"

그 목소리를 듣는 순간, 케이는 온몸에 소름이 돋았다.

틀림없는 카림이었다.

"카림!"

케이를 발견한 카림 역시 처음엔 그를 기억하지 못하는 듯 의아한 표정을 지었다. 하지만 분노로 가득 찬 표정을 보는 순간, 이내 기억이 되살아 난 듯 그의 눈이 커졌고, 바로 뒤돌아 도망치기 시작했다.

케이가 온몸을 날려 카림을 붙잡았다. 진흙 바닥에 엎어진 케이는 카림의 멱살을 붙잡고 주먹을 날렸다. 하지만 카림도 만만치 않았다. 그는 있는 힘껏 케이를 밀고 일어나 반격했다. 둘은 서로 주먹을 주고받으며 엎치락뒤치락 싸움을 계속했고, 마침내 둘 다 드러눕고 나서야 주먹질을 멈췄다.

"오랜만이네, 만나서 반갑다. 케이."

카림이 하늘을 바라본 채 가쁜 숨을 내쉬며 말했다.

"도둑놈이 뜬금없이 친구인 척하지 마."

케이가 날카롭게 소리쳤다.

"우리가 지금은 친구가 아닐지 몰라도 함께 싸운 동료 군인이긴 하니까."

"친구인 척하더니 이젠 군인 행세까지 하시겠다?"

"나 군인 맞거든. 공군!"

"거짓말하지 마! 이 도둑놈아!"

"못 믿겠으면 기록 확인해보든지……."

"너나 나나 끽해야 상등병일 텐데 그런 기록을 열람할 수 있겠냐? 훔쳐간 내 은화 당장 내놔!"

"멍청하긴. 그 돈이 지금까지 있겠냐? 너도 알잖아. 페르다 행성까지 가는 푯값밖에 안 되는 돈인 걸!"

"그동안 흐른 시간이 얼만데! 모아둔 돈이라도 있을 거 아냐!"

케이의 말에 카림이 피식 웃으며 되물었다.

"너는 얼마나 모았는데?"

그 말에 갑자기 케이도 헛웃음이 났다. 그때의 케이에겐 그게 전재산이었지만 따지고 보면 카림의 말처럼 페르다 행성으로 갈 여비였을 뿐이다. 당연히 카림도 빈털털이로 페르다 행성에 다다랐을 것이고, 빈손으로 시작한 생활에서 돈을 모으기는 쉽지 않았을 것이다.

그때나 지금이나 케이는 외로웠다. 또 가진 게 없었고, 이뤄놓은 것도 없었다.

"말이 없는 걸 보니 너도 뭐 그냥 그렇군."

이제 좀 살 만해졌는지 카림이 먼저 일어났다. 그리고 케이를 향해 손을 내밀었다.

"……?"

"여기서 좀만 더 가면 한잔할 곳이 있는데 갈래?"

"돈도 없는 빈털터리가 술은 무슨 돈으로 마시려고?"

"그냥 나를 한번 믿어봐."

"내 은화를 다 훔쳐서 도망친 놈을 믿으라고?"

"싫으면 말든지."

카림은 능글맞은 얼굴로 일어나 옷에 묻은 흙을 털고 터벅터벅 걸어갔다. 잠시 그 뒷모습을 바라보던 케이도 말없이 일어나 옷을 털고 그 뒤를 따랐다.

광산 재건 현장에서 얼마 떨어지지 않은 곳, 임시로 지은 건물에 누군가 고장난 홀로그램 기계로 간판을 만들어 놓은 바가 자리 잡고 있었다. 그 안에는 방사능 보호막 덕분에 방호복을 벗은 노동자들이 모여 술을 마시고 있었다.

케이는 시스 행성에 돌아와서 처음 보는 모습에 깜짝 놀랄 수밖에 없었다. 바닥 공사조차 되어 있지 않아 진흙 투성이인 땅에는 술 취한 노예들이 지고 있었고, 다른 한쪽에서는 몸을 파는 남녀가 거의 벌거벗은 채 손님들을 유혹하고 있었다.

"여긴… 뭐야?"

"이런 데 처음이지? 일단 한잔하자. 여기 술은 다 공짜야."

"뭐?"

"귀족들이 재건 사업에 은화를 엄청 후원하는 거 알지?

데라크스 후작한테 한자리 얻으려고!"

케이는 카림의 말을 조용히 듣고 있었다.

"그런 갈 데 없는 돈이 많다 보니 이런 곳도 만들어지는 거야, 재건 사업에 참여하는 노동자들에게 제공되는 일종의 복지라고."

"그럼 술은 마음껏 마셔도 된단 말이지?"

"응. 군에서만 모르면 돼! 걸리면 바로 체포되니까."

"그래? 하지만 이미 군인을 발견했는데……."

케이는 긴 치마를 입고 화장을 진하게 한 남자 하나가 왕티카오 위에 올라가 엉덩이를 실룩거리는 모습을 봤다. 당장이라도 눈을 뽑아버리고 싶을 정도로 역겨운 장면이었다.

"누구? 가서 인사라도 건네볼……."

"하지 마!"

카림의 돌발행동을 막으려던 케이가 자신도 모르게 큰 소리를 냈다. 그리고 그 순간 하필이면 왕티카오 패거리인 하사의 눈에 띄고 말았다. 그가 패거리들과 함께 다가왔다.

"이게 누구야? 상등병 케이도 이런 취미가 있는 줄 몰랐는데?"

가까이 온 하사는 카림을 아래위로 훑어보며 물었다.

"옆에 있는 친구가 바뀌었네? 자네는 누군가?"

"글쎄요. 알아서 별로 좋으실 게 없을 텐데요."

카림도 지지 않고 하사를 마주보며 능청스럽게 말했다.

"뭐? 이 새끼 봐라? 너 어디 소속이야?"

"내가 어디 소속인 줄 알면 어쩌시게요?"

키가 크고 덩치가 육중한 카림이 의자에서 일어나자 자연스럽게 하사를 내려다보는 구도가 되었다.

"그냥 조용히 자리로 돌아가서 술이나 드시는 게 어떻겠습니까?"

카림은 애초부터 계급 따위는 신경 쓰지 않는 모양이었다.

"막사에서 보자, 케이."

하사는 그 말만 남기고 꼬리를 감췄다. 카림은 마치 아무 일도 없었다는 듯 다시 자리에 앉아 술병을 들었다.

케이는 카림의 태도가 너무 혼란스러웠다.

"너 대체 뭐 하는 놈이야? 지금 네가 무슨 짓을 저지른 줄 알아?"

"나? 동네 친구 괴롭히는 놈들을 좀 혼내줬는데? 왜?"

"네가 한 행동 때문에 내가 돌아가서 무슨 일에 처하게 될 줄 알아?"

"저딴 놈들한테 당한다고? 내가 알던 대장 케이가?"

"……."

"그냥 죽여버려. 넌 원래 네가 항상 대장해야 직성이 풀리는 놈이잖아. 어떻게 저런 놈들 밑에 있으려고 그래?"

카림은 그렇게 말하고 다시 술을 들이켰다.

자기 볼일을 끝낸 왕티카오는 자신을 상대해준 남자에게 은화를 주고 자리에서 일어났다. 그러자 기다렸다는 듯 하사가 다가와 왕티카오와 은밀한 대화를 나눴다.

케이는 그 순간, 자신이 결국 왕티카오와 한 번은 맞붙어야 한다는 것을 알았다.

3.
비극

시스 행성의 하늘엔 수많은 민간 비행선들이 가득했다. 데라크스의 오랜 꿈이었던 우주 정복 사업을 추진하기 위해선 지금보다 훨씬 많은 시스 원료가 필요했고, 시스의 대량 채굴을 위해선 그만큼의 인력이 따라줘야 했기 때문이다.

때문에 데라크스는 대규모 이주 계획을 실행했다. 페르다 왕국에 우호적인 시스인을 양성하기 위해 10년 동안 시스 행성에 아무런 비용 없이 거주할 수 있도록 한 것이다. 그 결과가 지금 나타나고 있었다.

"처음 봐. 저렇게 하늘이 꽉 차 있는 건."

노아가 하늘 위 비행선들의 행렬을 보며 중얼거렸다.

"하늘 감상도 좋은데, 그렇게 멍하니 있다간 오늘 할당

량 다 못 채워."

쌓여 있는 벽돌을 바라보던 케이가 시큰둥한 표정으로 말했다. 하지만 여전히 노아는 자신만의 생각에 잠겨 있었다.

"여기 살았던 광부들은 모두 어디론가 사라지고… 결국 왕국의 말을 잘 듣는 사람들이 이곳을 채우는군."

계속 하늘을 바라보던 노아가 갑자기 케이를 향해 고개를 돌리며 물었다.

"다 어디로 갔는지 알아?"

"누가?"

"원래 여기 살던 광부들."

계속되는 노아의 질문에 질렸는지 케이는 대답하지 않았다. 그러자 노아는 이어서 말했다.

"가이아 행성이라는 곳으로 추방됐대. 농사도 지을 수 없을 정도로 혹독한 환경을 가진……."

"그런 헛소문은 어디서 들은 거야?"

"헛소문이 아냐."

"네 말대로 그들이 가이아 행성으로 추방됐다 치자. 농사도 지을 수 없는 혹독한 행성이라며? 그럼 그 사람들은 거기서 뭘 하는데?"

"이 행성에 시스 원료가 있는 것처럼 그 행성에도 특수한 물질이 있대 그걸 채굴한다고 들었어."

"어떤 물질?"

"데라크스가 비밀리에 실험 중인 물질이래. 그게 뭔지는 전혀 모르고, 그저 테라륨이라는 이름만 알려져 있어."

"……테라륨?"

그 이름을 들은 케이의 표정이 묘하게 변했다. 들어본 적 있는 이름이었다.

케이가 시스 행성에서 페르다 왕국으로 갈 때, 우주 해적들에 의해 습격을 당한 적이 있었다. 해적들은 그 우주선이 황제의 우주선인 줄도 모르고 그저 화려한 황금 장식 때문에 공격했던 것이다. 잘못된 판단의 대가는 엄청났다. 우주 해적들은 초대형 플라즈마 포를 맛보고 나서야 자신들이 상대를 잘못 건드렸다는 걸 알았다.

주포 공격으로 해적들의 우주선을 무력화한 뒤, 제루카를 비롯한 정예군들이 우주선에 직접 침투해 백병전으로 해적들을 상대했다. 해적들의 우주선엔 약탈한 재물들이 상당했고, 제루카와 정예군은 부숴진 해적선을 샅샅이 뒤져서 약탈한 보물을 찾아 모두 데라크스에게 바쳤다. 그리고 해적을 이끌던 해적왕이라는 인물 역시 생포할 수 있었다.

케이 역시 해적왕이라는 인물이 궁금했다. 시스 행성에

서만 갇혀 있던 그에게 해적은 생전 처음 보는 존재였다. 체포된 해적왕에 대한 재판은 데라크스의 방에서 데라크스, 제루카, 알렉산드라-아리아 3인만 참석한 가운데 이루어졌는데, 케이는 그 방에 몰래 숨어 있다가 재판이 이루어지는 광경을 엿볼 수 있었다.

해적왕은 커다란 덩치에 덥수룩한 수염을 기르고 있었고, 얼굴은 물론이고 온몸이 흉터로 가득했다. 그리고 거친 해적의 삶을 대변이라도 하듯, 한쪽 눈, 한쪽 팔, 한쪽 다리가 모두 기계로 대체되어 있었다. 하지만 그는.

"제 죄값을 제대로 받는다면 당연히 목숨을 내놓아야겠죠. 하지만 그전에 제가 드릴 작은 선물이 있는데, 보시겠습니까?"

자신의 죽음을 결정짓는 재판에서 목숨을 걸고 딜을 할 정도의 배짱을 가지고 있었다.

"이건 테라륨이라고 불리는 물질입니다."

그는 데라크스 앞에서 무릎을 꿇은 채 짙은 녹색으로 빛나는 광석을 하나 꺼내 들고 말했다.

"전설에 따르면 이 물질은 죽은 사람도 다시 살릴 수 있다고 합니다."

그 물질이 내뿜고 있는 짙은 녹색의 광선은 몹시 신비로워서 많은 이들을 매료시킬 법했다. 실제로 알렉산드라-

아리아가 마치 마법에 걸린 듯한 표정으로 이 물질을 뚫어 져라 응시하고 있었다.

"죽은 사람도 다시 살릴 수 있는 물질이라고?"

데라크스는 한참 동안 테라륨이 내는 짙은 녹색을 바라 보았다. 녹색은 분명하지만 어느 우주에서도 한 번도 보지 못한 은은하고 신비로운 빛깔이었다.

"이걸 어디에서 구했지?"

데라크스는 탐욕스런 표정으로 해적왕을 노려보며 말 했다.

"제 자유를 약속하는 협정서에 서명하시면 알려드리죠."

홀로그램 모니터에 해적왕의 요청 내용이 담긴 협정서 가 떴다. 그는 테라륨을 제공하고 그 출처를 알려주는 대 신, 지난 범죄에 대한 면책과 신변의 자유를 얻게 된다는 내용이었다. 또 왕국의 허가 없이 여행을 다닐 수 있는 권 리도 포함되어 있었다.

"원하는 건 이것뿐인가?"

해적왕이 고개를 끄덕였다.

데라크스는 잠깐 고민하는 척했지만 사실 이미 마음은 결정한 후였다. 어차피 압류한 보물은 자신의 것이 된다. 그깟 해적 하나야 살든 죽든 그에게는 중요한 문제가 아니 었다.

"한 가지만 더 추가하지."

협정서를 읽은 데라크스는 한 가지 조항을 더 추가했다. 목숨을 살려주는 대신 한 달에 한 번씩 일정량의 테라륨을 왕국에 상납하는 조항이었다.

정기적인 테라륨 상납을 약속했지만 해적왕은 결국 협정을 끝까지 이행하지 않았다. 1년 정도 약속을 지키다가 감시가 소홀해진 틈을 타 사라져버린 것이다. 왕국의 허가 없이 자유롭게 여행할 수 있다는 규정을 넣을 때부터 이런 계획을 세우고 있었음이 틀림 없었다.

그러자 데라크스는 테라륨이 매장된 가이아 행성을 직접 찾아나섰고, 자신이 해오던 방식대로 그 행성을 점령하고 말았다. 그리고 그 행성을 개발하기 위해 시스 전쟁을 일으킨 시스인과 광부들을 그곳에 유배시켜 테라륨을 채굴하게 한 것이다.

데라크스는 테라륨이 인간의 몸에 어떤 영향을 미치는지 실험도 해보았다. 테라륨을 주입받은 인간은 유전자 변형을 일으켜 기이한 능력을 얻게 되는 경우가 종종 있었다. 이 부분에 흥미를 느낀 데라크스는 테라륨을 가지고 인체실험을 하는 비밀 연구팀을 운영했다.

테라륨이라는 이름은 케이의 아주 오래된 기억 하나를

꺼내게 만들었다. 케이가 아주 어린 시절 겪은 인상적인 에피소드 하나를. 그러나 지금 테라륨에 대한 기억을 간신히 떠올린 케이는 그런 사실을 전혀 알지 못했다.

"무슨 생각을 그렇게 하는 거야?"

옛일을 떠올리는 케이를 보며 노아가 물었다.

"아냐, 아무것도."

그렇게 말하고 케이와 노아는 또다시 작업을 시작했다. 멀리서 왕티카오와 하사가 수상한 눈빛으로 그들을 지켜보며 뭔가를 의논하고 있다는 것을 눈치채지 못한 채.

*

작업을 마치고 돌아온 케이는 얼른 몸을 씻고 쉬고 싶었다. 하지만 왕티카오와 함께 다니던 하사로부터 급작스러운 호출을 받았다.

"상등병 케이, 나를 따라와라!"

내키는 일은 아니었지만, 그의 말에 따르지 않을 수 없었다.

그렇게 도착한 곳은 막사 뒤에 위치한 헛간이었다. 그곳엔 이미 다른 부대 이등병과 상등병들이 환경 정리 사역을 하고 있었다.

"상등병 케이, 너도 여기서 동료들을 도와 환경 정리 사역을 하도록 한다. 실시!"

환경 정리 사역이란, 일꾼들이 헛간 여기저기에 무단으로 싸놓은 변을 치우는 일이었다. 케이는 쓴웃음을 지으며 동료들을 돕기 시작했다. 방호복을 입었지만 스며드는 악취를 막지는 못했다.

"아니 전투용 로봇 있는데 왜 우리가 이 고생을 해야 하는 거야!"

상등병 하나가 불만 가득한 목소리로 투덜거렸다.

"애초에 여길 깨끗하게 하는 게 목적이 아니니까."

"그럼?"

"왕티카오한테 찍힌 병사들을 여기 보내서 그냥 개고생 시키는 거지, 뭐. 그거 외에 다른 목적은 없어."

"근데… 쟤, 케이 루나벤켄도르 아냐?"

누군가 케이를 알아보고 그렇게 수군거렸다. 하지만 케이는 말없이 자신의 일만을 계속했다.

한편 노아는 막사 밖으로 나가 케이를 기다리고 있었다.

그때, 막사 주변에서 검은 그림자들이 둘러쌌다. 왕티카오와 그 패거리들이었다.

"여기서 뭐 하는 건가?"

"저는 동료를 기다리는 중입니다. 중위님은 뭐 하시는… 헉!"

검은 그림자들이 갑자기 노아의 입을 막고 팔을 붙잡았다. 불시에 포박된 노아는 옴짝달싹할 수 없었고, 비명도 지를 수 없었다. 그들은 노아를 으슥한 숲으로 데려갔다. 그리고 노아를 엎드리게 한 뒤 바지를 벗겼다. 노아의 귀 뒤에서 왕티카오가 옷을 벗기 위해 부스럭거리는 소리가 들렸다.

'안 돼!'

힘껏 비명을 지르고 싶었지만 틀어막힌 노아의 입에서는 새된 공기만 흘러나올 뿐이었다.

"아악!"

두려워하던 그것이 노아의 몸속으로 들어왔다. 달빛에 비친 왕티카오의 얼굴에는 비열한 웃음이 흐르고 있었다. 그는 알아듣기 힘든 욕설을 낮게 중얼거리며 허리를 앞뒤로 움직였다.

노아에게는 영원처럼 느껴지던 치욕스러운 2분이 끝나고, 왕티카오가 만족스런 표정으로 일어섰다. 이제 모든 것이 끝났구나… 안도의 한숨을 쉬었지만 그 예상은 보기 좋게 빗나갔다.

"이 다음엔 제가 해도?"

팔을 잡고 있던 하사 중 한 명이 왕티카오에게 물었다. 그제야 노아는 오늘 밤 자신이 이 자들에게 차례로 욕보일 거라는 것을 깨달았다.

팔 한쪽에 약간의 여유가 생겼다. 노아는 적당한 크기의 돌덩이 하나를 손에 쥐었다.

"어디 나도 변종 맛 좀 볼……."

허리띠를 풀고 바지를 내린 하사의 숨결이 목덜미에 닿았을 때, 노아는 돌멩이로 하사의 머리를 찍었다.

"으악!"

하사의 머리에서 피가 철철 흐르기 시작했다. 노아는 필사적으로 도망쳤다.

"저 새끼 잡아!"

왕티카오가 소리치자 그의 패거리들이 노아를 추격했고, 중위 역시 허리춤에 차고 있던 레이저 건을 빼서 들었다.

노아는 거센 숨을 내쉬며 어둠 속을 계속 달렸다. 왕티카오가 발사한 레이저가 그 옆을 스치고 지나가며 나무를 갈랐다. 하지만 노아는 멈추지 않았다. 쉴 새 없이 달리다 보니 어느새 절벽 앞이었다.

"노아 상등병! 당장 멈춰!"

숨을 헐떡이며 온 왕티카오가 노아에게 말했다. 다른 패거리들도 그 뒤를 따라오고 있었다.

"오늘 일… 없었던 걸로 하자. 그냥 없었던 걸로 하고 돌아가는 거야. 그… 그래. 그냥 장난 좀 친 것뿐이야."

노아는 그들을 잠시 동안 바라보았다.

'장난…이라고?'

이런 걸 장난이라고 말할 수 있나? 그런데 왜 아무도 사과는 하지 않는 걸까. 저들에게는 '미안'이라는 단어가 존재하지 않는 걸까.

"사람 짜증 나게 하지 말고! 너 뛰어내릴 용기도 없는 거 다 알아!"

왕티카오의 말이 채 끝나기 전에 노아는 절벽 아래로 몸을 던졌다.

4.

심판

다음 날, 개울가에서 노아의 시체가 발견되었다. 케이는 노아의 시체를 부둥켜 안고 치를 떨며 눈물을 흘렸다.

"이곳에서 부모님을 잃었는데… 노아, 너마저!"

하늘을 바라보며 통곡하는 케이의 모습을 구경꾼들이 안타까운 모습으로 보고 있었다. 케이는 노아의 시체를 안고 울면서도 그 군중들 사이, 왕티카오와 그 패거리들이 긴장된 얼굴로 서 있는 것을 놓치지 않았다.

그날 이후 케이는 재건 업무를 거의 놓다시피 하고 노아를 죽인 자들을 찾아 나섰다. 제일 먼저 의심한 것은 당연히 왕티카오와 그의 패거리들이었다.

노아가 죽던 날, 헛간 노역을 끝내고 막사로 돌아온 케이가 몸을 씻고 침대에 누웠을 때, 노아의 침대가 비어 있는 것을 발견했다. 케이는 그때부터 이미 좋지 않은 생각에 시달리고 있었다. 케이가 아는 노아는 늦은 밤에 혼자 어디를 나갈 친구가 아니었다.

결국 케이는 자리에서 일어나 왕티카오 중위와 하사의 숙소를 염탐했다. 그리고 그들 역시 잠자리에 들지 않았다는 사실을 알아냈다.

점점 더 불길해지는 예감을 뒤로하고 케이는 동네를 뒤졌지만, 오늘 아침 노아는 차가운 주검이 되어 나타났다.

아무리 생각해보아도 의심 가는 것은 왕티카오였지만, 아무 증거도 없이 그를 범인으로 몰 수는 없었다. 케이는 먼저 증거부터 찾으려고 했다.

"부검 결과를 알려주십시오."

케이는 노아 사건의 담당자인 게르마니아 소령 앞에 서 있었나.

"미안하지만 일개 병사에게 부검 결과를 공개할 수는 없네."

"저와 노아 상등병은 매우 가까운 사이였습니다. 가족과 다름없는… 그러니까 저는 노아 상등병의 사인을 알아야 합니다."

"페르다 왕국의 군대에 가족과 다름없는, 이라는 관계

는 없네."

"한 번 더 요청합니다. 부검 기록을……."

"몇 번을 반복해도 마찬가지야."

결국 빈손으로 물러난 케이는 제루카의 숙소로 향했다. 정말 그러고 싶지 않았지만 이번에는 숙부의 힘을 빌릴 생각이었다. 어쨌든 숙부는 이 행성의 책임자인 만큼, 부검 기록을 볼 수 있는 방법이 분명 있을 것이었다.

하지만 그 희망도 곧 사라지고 말았다.

"제루카 대령님은 오늘 아침 페르다 왕국으로 소환되어 떠나셨습니다."

"예?"

케이는 숙부가 자신에게 한마디도 없이 페르다 왕국으로 떠났다는 사실도 실망스러웠지만, 그보다 노아가 사라지고 없는 지금, 자신을 지원해줄 단 한 명의 사람조차 시스 행성에 없다는 사실이 더 가슴 아팠다.

"잘 있어라. 나는 내일 이 지긋지긋한 시스를 떠날 거야."

절망감에 빠진 케이는 다시 술집을 찾았다. 예전에 카림이 데리고 간 적이 있는 곳이었다. 그리고 그곳에서 다시 만난 카림은 케이에게 작별인사를 전했다.

"넌 왕국으로 안 돌아가냐? 계속 여기에 있을 거야?"

카림이 물었지만 케이는 대답하지 못했다. 마음으로는 케이도 당장 이곳을 떠나고 싶었다. 시스 행성에서 생긴 일들은 다 잊고 싶은 일들 뿐이었다. 인생에서 만난 소중한 사람들도 시스 행성에서 모두 불행하게 세상을 떠났다. 하지만…….

"나는 해야 할 일이 있어."

"소문이 사실인가보네."

"무슨?"

"너 이번에 죽은 그 변종…하고 뭔가 있지?"

카림의 말에 케이는 아무 말도 하지 못하고 눈앞에 놓인 독주를 단숨에 들이켰다.

"그렇게 미친놈처럼 설치고 다녀봐야 되는 거 없다. 부검 결과를 순순히 보여주겠냐고. 그렇다고 네가 그걸 훔쳐올 것도 아니고."

그 말을 들은 케이의 눈이 번쩍 뜨였다.

"너 방금 뭐라고 했어?"

"그렇게 설치고 다녀봐야 되는 게 없다고…….."

"그다음에!"

카림은 눈동자를 굴리며 자신이 한 말을 조용히 되새겼다.

"너… 설마?"

"너 아직 자물쇠 딸 줄 알지? 한 번 도둑질 한 놈이 두 번은 못할까."

"야, 그건 어렸을 때고!"

"너 나한테 아직 돈 못 갚았잖아."

"……."

"이번 일 해주면 없었던 일로 해줄게. 나한테 빚진 거 오늘 갚아."

케이는 카림을 다그쳤다. 삼촌마저 없는 지금, 시스 행성에서 그가 뭘 부탁할 수 있는 사람은 카림뿐이었다.

"오늘 밤에 하고 너는 내일 떠나면 되잖아. 그럼 처벌받을 일은 없어."

"그래야지. 나는 지금 탈영병 신분이거든. 붙잡히면 바로 사형당해도 이상하지 않다고."

카림은 케이의 어깨를 툭툭 쳤다.

"좋았어! 네가 마침내 나한테 알려줬구나."

"뭘?"

"나한테도 양심 비스무리한 게 있다는 걸. 나는 남들만 그걸 가지고 있는 줄 알았거든."

그렇게 말하고 카림은 자리에서 일어났다.

"중위 님, 게르마니아 소령님께서 찾으십니다."

케이는 왕티카오의 막사 문을 두드렸다.

"무슨 일인데?"

"정확한 용무는 모르겠습니다. 다만 바로 모시고 오라고 하셨습니다."

왕티카오 중위는 귀찮다는 듯 옷을 챙겨 입고 나서다 케이의 얼굴을 보더니 마음에 안 든다는 표정으로 물었다.

"근데 왜 네가 왔어? 다른 사람 보내지 않고."

"그냥 제가 앞을 지나가고 있어서 아무나 시키신 것 같습니다."

왕티카오는 왠지 모르게 미심쩍은 기분이 들었지만 크게 신경 쓸 일은 아닌 듯 싶어 그를 따라나섰다.

하지만 케이를 따라간 지 얼마 되지 않아 왕티카오는 자신의 예감이 틀리지 않았다는 것을 알았다. 케이가 게르마니아 소령의 막사가 아닌 엉뚱한 곳으로 가고 있었기 때문이다.

그곳은 자신이 노아를 데리고 간 숲 속이었다.

"지금 어디로 가는 거야?"

왕티카오는 걸음을 멈췄다. 그러자 케이가 뒤돌아서 왕티카오를 노려보았다.

"그 시건방진 눈빛은 뭐지?"

"그날 밤, 어디에 있었습니까?"

"뭐?"

뜬금없는 케이의 질문에 왕티카오는 당황한 표정을 지었다.

"노아가 죽던 날 밤, 늘 다니던 패거리와 함께 노아를 데려갔잖아!"

케이는 무서운 얼굴로 왕티카오 중위를 쏘아보며 소리를 질렀다. 하지만 이미 상황을 파악한 왕티카오는 눈 하나 깜짝하지 않고 말했다.

"내가 그랬다고? 증거는 있나?"

"증거, 차고도 넘치지!"

툭, 케이가 던진 메모리카드가 왕티카오 앞에 떨어졌다.

"부검 보고서야. 그 안에 다 들어 있어. 노아의 시체에서 나온 놈들의 DNA와 지문까지."

왕티카오는 케이가 하는 말을 조용히 듣고 있었다. 케이는 분노한 표정으로 계속 말을 이었다.

"다른 건 바라지도 않아. 네가 패거리들 이끌고 가서 자수해. 그리고 노아에게 진심으로 사과해. 그렇게만 하면 용서해준다."

"하지 않으면?"

"내가 저 증거를 모두에게 공개할 건데?"

"그래?"

그 말을 들은 왕티카오는 비웃음을 머금은 얼굴로 눈앞

에 놓인 메모리카드를 밟아 부쉈다.

"이젠 증거가 없네?"

"너, 끝까지 반성은 안 하고……."

하지만 이미 왕티카오는 뒤돌아서 걷기 시작한 뒤였다.

"거기 서!"

"쓸데없는 짓 하지 마. 설사 그 증거가 있다고 해도 널 믿어줄 사람 따윈 아무도 없어. 나야말로 오늘 일은 눈 감아주지. 나는 관대한 사람이니까."

뻔뻔스러운 왕티카오의 말에 케이는 분노가 머리끝까지 치솟았다.

"아 참."

왕티카오는 뭔가를 잊었다는 듯 갑자기 걸음을 멈췄다.

"변종이라 그런가. 별로 맛은 없더라고. 너도 참 취향이……."

"으아아악!"

결국 케이는 더이상 참지 못하고 있는 힘껏 달려와 왕티카오를 몸으로 들이받았다. 그러곤 그 위에 올라타 얼굴에 주먹질을 시작했다.

"죽어! 죽으라고!"

왕티카오의 얼굴에서 피가 흘러도 케이는 멈추지 않았다. 그렇게 계속 때려도 화가 풀리지 않았던 케이는 주변에 있던 커다란 돌덩이를 하나 집어 들었다.

"미안해! 내가 잘못했⋯⋯."

케이가 돌을 치켜들고 나서야 왕티카오는 처음으로 사과를 했다. 그제야 자신이 어떤 상황에 처했는지 조금 깨달은 것 같았다.

"늦었어."

커다란 돌덩이로 케이는 왕티카오의 얼굴을 내려찍었다. 그리고 그의 뼈가 으스러지고 납작해질 때까지 케이는 멈추지 않았다.

*

상관을 살해한 자는 즉결 처분이 원칙이다. 사랑하는 조카를 잃은 게르마니아 소령은 당연히 신속하고 빠른 처형을 요청했다. 하지만 제루카는 그 말에 응하지 않았다.

"군법에 의해 처형을 하루 빨리 진행하길 요청 드립니다."

게르마니아 소령은 하루가 멀다 하고 제루카를 찾아와 같은 이야기를 반복했다. 하지만 제루카 역시 진상 조사가 필요하다는 말만을 반복할 뿐이었다.

"진상조사가 도대체 뭐가 더 필요합니까? 사건도 범인

도 분명한데 왜 시간을 끄는 겁니까? 혹시 범인이 대령님 조카이기 때문입니까?"

"그게 무슨 개소리야!"

"그럼 왜 처형하지 않는 겁니까!"

"진상 조사는 데라크스 후작님의 요청이다!"

뜻밖의 말에 게르마니아는 당황할 수밖에 없었다.

"왕티카오 중위는 데라크스 후작님께서 특히 아끼는 군인이어서, 후작님께서 직접 오셔서 조사를 해보신 뒤 판결을 내리겠다고 하셨다."

"아니, 그런……."

"불만 있나, 소령?"

"아니, 아닙니다."

제루카의 말이 사실이라는 것은 게르마니아도 잘 알고 있었다. 게르마니아도 데라크스의 측근이었지만, 왕티카오는 데라크스의 총애를 받았고 심지어 그가 내린 비밀임무까지 수행하고 있었다. 새도우 가의 불길한 예언에 집착하던 데라크스는 오랜 세월을 거쳐 귀족, 군인, 천민을 막론하고 자신에게 위협이 될 만한 이들을 사찰하는 일종의 블랙리스트를 만들었다. 그 블랙리스트를 만들고 관리하기 위한 전담팀이 있었는데, 그중에서도 군부의 일을 맡던 게 왕티카오였던 것이다.

게르마니아는 그제야 데라크스가 왜 이 일을 위해 직접 시스 행성까지 방문하는지 알 수 있었다. 혹시라도 왕티카오의 죽음에 블랙리스트가 관련되어 있는지 확인하기 위해서일 것이다.

　'어차피 이 일은 그것과는 관련 없으니까… 후작님께서 오시면 잘 설명하고 얼른 형을 집행하도록 하면 돼.'

　내일이라도 당장 케이를 처리하고 싶었지만, 그는 모든 일이 자신이 원하는 대로 흘러갈 거라고 믿어 의심치 않았다.

5.
모든 일에는 순서가 있다

데라크스는 도착하자마자 제루카를 먼저 만났다.

"루, 자네한테 정말 실망했네."

"죄송합니다."

"루나벤켄도르 가의 아이를 이것밖에 못 키우나?"

"물론 상관을 살해한 것은 잘못이지만, 그 이면의 동기
도 살펴보시는 것이······."

하지만 데라크스는 제루카의 말을 듣고 싶지 않았다.

"사건 진상은 조사 임무를 맡은 게르마니아에게 듣겠네."

제루카는 아무런 말도 더 할 수 없었다. 제루카는 살인
범의 숙부였고, 주도권은 이미 게르마니아에게 넘어가 있
었다.

데라크스는 바로 게르마니아에게 가서 자신이 가장 신경 쓰고 있는 부분에 대해서 물었다.

"그러니까… 이번 사건과 내가 내린 임무는 전혀 상관 없다는 거지?"

"그렇습니다. 이건 철저하게 개인적인 원한에 의해 일어난 일입니다."

게르마니아는 이번 사건을 최대한 케이의 잘못으로 몰아갔다. 혹시라도 왕티카오가 다른 병사들을 괴롭혀왔다는 사실이 밝혀질 경우, 케이를 향한 동정 여론이 형성될 수도 있고, 심각할 경우 왕티카오의 행동을 비호해왔던 자신에게 화살이 돌아올 수도 있다.

"그레타의 아들이라는 놈… 처음부터 마음에 들지 않았어."

게르마니아의 설득이 통한 건지, 데라크스는 케이의 범행 동기를 전혀 의심하지 않았다.

"그럼 당장 내일 바로 처형하겠습니다."

그는 자신 있게 케이의 처형을 주장했다. 생각보다는 오랜 시간이 걸렸지만, 자신의 뜻대로 일이 흘러가는 것 같아서 안심하고 있었다. 그런데 갑자기 데라크스가 이상한 말을 했다.

"아니야. 공개재판으로 가지."

"네?"

게르마니아는 데라크스의 갑작스런 제안에 당황했다.

"이번 기회에 본보기를 보여주는 거야. 기존 체제에 반항하는 놈들은 어떻게 되는지……."

"하지만 군에서 일어난 일은 군에서 그냥 끝내시는 게……."

데라크스는 왕티카오의 악행 때문에 일반 군중들의 여론이 좋지 않다는 건 전혀 모르고 있었다. 게르마니아 역시 데라크스의 귀에 왕티카오의 행동이 들어가지 않게끔 최선을 다해왔다.

왕티카오에 대한 불만과 케이에 대한 동정으로 역풍이 올까 두려웠던 게르마니아는 가능하면 조용히 케이를 처형하고 싶었다.

"왜? 내 결정에 불만이 있나, 소령?"

데라크스가 게르마니이의 어두워진 표정을 보며 물었다. 게르마니아는 순간 긴장했다.

'여기서 대답을 잘해야 해.'

단 한 번의 잘못된 대답으로 여태껏 쌓아온 신뢰가 한순간에 무너질 수 있다는 사실을 게르마니아는 너무나 잘 알고 있었다.

"아닙니다. 내일 아침에 바로 공개재판을 준비하도록

하겠습니다."

그는 그렇게 대답했지만 불안함이 스멀스멀 기어 나오고 있었다.

그날 밤 제루카는 감옥에 갇힌 케이를 찾아갔다.

"내일 아침 공개재판이 열린다. 그곳에서 네 운명이 결정될 거야."

케이는 말없이 주저앉아 제루카의 말을 듣고 있었다.

"게르마니아는 마지막까지 조용하게 처리하길 주장했지만 그게 먹혀들지 않은 모양이더군. 덕분에 너한테 마지막 기회가 생겼다."

"기회…라고요?"

"가능성은 높지 않지만 가끔 군중들의 여론이 재판 결과에 영향을 주는 경우도 있다."

제루카는 표정 변화 없이 무미건조하게 말했다.

"죽은 왕티카오의 평판은 실제로 좋지 않았다. 네가 사람들의 동정심을 살 수 있는 기회는 충분히 있는 셈이지."

"무슨 말씀인지 알겠습니다."

"다만 나는 그 자리에서 너를 도와줄 순 없다. 네 난관은 네가 스스로 헤쳐나가야 할 거야."

냉정한 말이었다. 하지만 케이는 실망하지 않았다. 어차피 제루카에게 그 이상을 기대하지는 않고 있었다. 마지막 재판을 앞두고 자신을 찾아와 준 것만으로 충분히 고마운 일이었다.

"노아의 부검 결과를 읽었다."

"……."

"그때 내가 자리를 비우지 않고 네 말에 조금만 귀를 기울였다면… 그 기록을 읽었다면, 나도 당장 재조사를 명령했을 거다."

여태까지 잘 버텨왔던 케이도 그 말을 듣자 울컥하지 않을 수 없었다. 그의 말이 맞았다. 그때 케이에겐 누구보다 자신의 말을 믿고 힘이 되어줄 사람이 필요했다.

"…그랬다면 이런 비극까진 일어나지 않았을 수도."

제루카는 그 말을 마치고 뒤로 돌아섰다. 케이도 더이상 아쉬움이 없었다. 제루카에게 듣고 싶었던 말을 모두 들은 것 같았다.

"내일… 아마 군중들도 똑같은 생각을 할지 모른다."

"……?"

"만약 다들 그 부검 기록을 본다면… 네 입장을 충분히 이해할 수도 있을 거란 이야기다."

케이는 제루카가 말하는 것이 무슨 뜻인지 알아들었다.

"광장엔 홀로그램 장치가 있다. 그 장치를 통해 그곳에서 부검 기록을 공개할 수 있을 거다. 내가 너를 위해 할 수 있는 일은 거기까지구나."

제루카의 뒷모습을 보는 케이의 두 눈엔 어느새 눈물이 흘러내리고 있었다.

*

다음 날 아침, 시스 행성에서는 처음 열리는 공개재판을 보기 위해 군중들이 하나둘 모여들었다. 케이는 손발이 묶인 채 수많은 군중 앞에 섰고, 데라크스는 높은 곳에서 그를 내려다보는 심판관 자리에 앉아 있었다. 그리고 그 옆 보좌관 자리엔 제루카가 앉아 있었다.

재판의 진행은 게르마니아 소령이 맡았다. 그는 피고의 죄를 논하는, 일종의 검사 역할이었다.

"피고는 본인의 신분을 밝히시오."

"제 이름은 케이, 신분은 군인이며 상등병입니다."

"피고는 상관인 왕티카오 중위를 살해한 죄로 이 자리에 서 있습니다. 이 사실을 인정합니까?"

"아니오."

자신의 죄를 순순히 인정할 줄 알았던 군중들은 갑자기 케이가 다른 반응을 보이자 현재의 상황에 집중하기 시작했다. 모든 것은 사실 케이가 의도한 반응이었다.

"본인의 혐의를 부정하는 것입니까?"

"제가 왕티카오 중위를 살해한 것은 사실입니다. 하지만 그는 범죄자였습니다."

그러자 군중들이 웅성거리기 시작했다. 게르마니아는 갑작스런 케이의 도발에 당황했지만, 그런 티를 내지 않고 그의 발언을 무시하려 했다.

"그러니까 지금 왕티카오 중위를 살해한 것은 인정한다는 얘기……."

"범죄자라니, 지금 무슨 얘기를 하는 건가?"

데라크스가 갑자기 끼어들었다.

"왕티카오 중위는 상등병 노아를 강간하고 살해했습니다. 전 그의 범죄를 심판한 것입니다."

군중들의 웅성거림이 더욱 커지기 시작했다. 그리고 데라크스 역시 적잖이 동요하고 있었다.

"이게 무슨 소린가, 게르마니아 소령? 내가 모르는 살인 사건이 또 있다고?"

"이번 사건과는 관련이 없는 일입니……."

"상등병 노아의 부검 결과를 공개해주십시오! 그러면 그가 왜 관련이 있는지 알게 될 것입니다!"

케이가 큰소리를 질렀다. 이미 케이는 군중들의 분위기

를 압도하고 있었다.

"제가 왜 왕티카오 중위를 죽여야 했는지 이곳에 있는 모두가 알게 해주십시오! 만약 그 이후에도 제가 잘못했다고 생각한다면 저는 제 죗값을 달게 받겠습니다."

재판장 안의 분위기는 이미 케이에게로 넘어가 있었다.

"부검 결과를 공개하라."

데라크스가 말하자 게르마니아 소령의 얼굴에 낭패의 빛이 스치고 지나갔다. 완벽한 외통수였다. 하지만 그는 마지막 지혜를 짜내어 지금의 상황을 모면해보려고 했다.

"죄송한데… 기밀자료라서 지금 준비 되어 있지 않습니다. 일단 재판을 마치고 집무실에서 천천히 살펴보시는 게…….."

"아, 참 다행이네요."

갑자기 제루카가 끼어들었다.

"마침 제가 홀로그램 플레이어에 그 부검 자료를 넣어 놨거든요. 이거 참 공교롭습니다."

제루카의 의뭉스러운 태도에 게르마니아는 화가 머리 끝까지 났지만 이미 엎질러진 물이었다.

"얼른 부검 결과를 공개하라! 군에서 불미스러운 일이 있었다면 내가 당사자를 처단할 것이다!"

데라크스의 요구에 소령은 한숨을 내쉬며 자료를 열 수

밖에 없었다. 그리고 군중들은 부검 보고서를 보면서 모두 큰 충격을 받았다.

살해당한 노아의 몸에서는 왕티카오의 정액 성분이 검출되었다. 뿐만 아니라 사체에서는 포박당하고 폭행당한 흔적이 발견되었고, 죽기 전 성폭행을 당했고 이에 대해 격렬히 저항한 것으로 보인다는 의견까지 포함되어 있었다. 별첨에는 사체에서 혈흔이 나온 공범들의 사진과 복무 기록까지 포함되어 있었다.

"이게 다 뭔소린가… 소령!"

"면목이 없습니다. 데라크스 후작님."

게르마니아는 고개를 푹 숙였다.

"이 부검 자료는 상등병 케이가 왕티카오 중위를 살해하기 몇 주 전에 작성된 것이군요."

보좌관 석에 앉은 제루카가 표정 하나 변하지 않고 말했다.

"군내에서 중죄를 저지른 군인은 군법에 의해 처형해야 합니다. 수사를 맡은 게르마니아 소령이 규정대로 왕티카오 중위와 관련자들을 처벌했더라면, 케이는 그를 살해하지 못했을 겁니다. 안 그렇습니까 후작님?"

데라크스 후작은 말이 없었다. 이미 군중들은 폭발하기 일보직전이었다. 여기서 그가 단호한 조치를 보여주지 않는다면, 저들이 또 어떤 일을 벌일지 예측할 수 없었다.

마침내 결심한 듯, 데라크스는 자리에서 일어섰다.

"시기상 노아 상등병의 살인사건이 먼저 일어났으므로, 왕티카오 살인사건의 재판을 중지하고 노아 상등병 살인사건의 범죄자들을 우선 심판하겠다!"

그가 그렇게 선언하자 군중들 사이에선 환호가 터져 나왔다.

데라크스가 손뼉을 치자, 군인들이 빠르게 움직여 하사와 그의 패거리들을 잡아 데라크스 앞에 대령시켰다.

"살려주십시오… 저희는 그저 왕티카오가 시켜서……."

하사는 무릎을 꿇고 용서를 빌었지만, 그 말이 채 끝나기도 전에 데라크스 후작이 발사한 레이저가 그의 머리를 뚫고 지나갔다. 그나마 그는 용서라도 빌 수 있었다는 점에서 행운이었다. 나머지 가담자들은 그런 기회도 없이 레이저를 맞아야만 했다.

죄인들이 처단될 때마다 군중들은 환호성을 질렀고, 데라크스의 이름을 연호했다. 그걸 들으면서 갑작스러운 사건들로 당황했던 데라크스의 기분도 점점 더 좋아지고 있었다.

마침내 재판장에 남은 피고는 케이 한 명이 되었다. 어쨌든 그도 사건의 범인이자 누군가를 살해한 살인자였다.

데라크스는 공정한 집행을 위해 케이에게도 레이저 건

을 겨누었다.

순간 방금 전까지 환호성을 질러대던 군중들이 갑자기 약속이나 한 듯 조용해졌다. 축제 같았던 재판장의 분위기도 마치 찬물을 뿌린 듯 차분하게 바뀌었다.

케이가 여기서 처형당하는 것이 과연 옳은 일일까? 케이가 이런 일을 벌인 배경에는 왕티카오의 죄를 묻어버리려 했던 게르마니아 소령의 잘못이 있다는 것이 밝혀졌다. 그런데 지금 케이에게 죄를 묻는 것이 옳은 일일까?

"왕티카오가 먼저 벌을 받았더라면, 케이 상등병은 죄를 짓지 않아도 됐는데……."

모여 있던 사람들 중 한 명이 탄식처럼 그런 말을 뱉었다. 아주 작은 목소리로 한 혼잣말에 가까웠지만, 조용했던 재판장이었기에 작은 목소리는 큰 울림이 되어 그곳에 있는 모든 사람에게 퍼져나갔다.

"맞아. 제대로 된 수사가 있었다면 이런 비극은 없었어!"

"케이도 참 억울하게 됐지!"

군중들의 목소리가 점점 더 커지기 시작했다. 데라크스는 군중들의 반응을 보면서 자신이 어떤 판단을 내려야 할지 고민하고 있었다. 케이는 분명 죄를 저질렀지만, 이 분위기에서 케이까지 처형하고 나면 엄청난 역풍이 불 것이 분명했다.

"나 데라크스 후작은 상등병 케이 루나벤켄도르에게 자비를 베풀겠다!"

그의 외침에 군중들은 또 한번 환호하며 데라크스 후작의 이름을 연호했다. 비록 케이를 처형하진 못했지만, 그 아쉬움을 상쇄하고도 남을 정도의 짜릿한 쾌감이었다.

이제 더이상 생명의 위협을 느끼지 않게 된 케이는 조금 차분한 마음으로 눈앞의 일들을 관찰할 수 있게 되었다. 무엇보다 그가 흥미를 느낀 건, 이 상황의 중심에 있는 데라크스 후작의 모습이었다.

군중의 환호 속에서 그는 만족스러운 미소를 지으며 주변을 둘러보고 있었다. 자신의 이름을 이렇게 많은 사람들이 연호한다는 것. 그것이 주는 쾌감이 얼마나 대단한 것인지, 비록 간접적인 경험이었지만 케이는 확실히 알 수 있었다.

'나도 저렇게 많은 사람들의 함성을 듣는 자리에 있으면 좋겠다…….'

그런 생각을 하는 순간, 갑자기 케이의 눈앞이 어두워졌다. 어디선가 날아온 레이저가 케이의 복부를 꿰뚫은 것이다.

6.
부활

케이는 피를 흘리며 바닥에 쓰러졌고, 놀란 제루카가 케이를 부르며 그에게 달려갔다.

"케이!"

너무 순식간에 일어난 일에 경호팀과 다른 사람들이 정신을 차리고 케이를 쏜 사람을 찾았다. 다행히 그는 자신의 존재를 숨길 생각이 없었다.

"너 같은 건 죽어야 돼… 어떻게 감히 내 조카를……."

게르마니아 소령이었다.

경호팀이 재빨리 에너지 방패를 들고 데라크스 후작을 둘러쌌고, 또다른 경호팀은 게르마니아 소령을 체포하기 위해 움직였다. 게르마니아 소령은 다음 한 발을 위해 레이저 건을 장전하고 있었다.

그리고 총구를 자신의 입에 넣었다. 소령의 머리는 곧 수천 개의 조각으로 분해되어 바닥에 흩뿌려졌다.

한편 레이저에 복부를 정통으로 맞은 케이는 급하게 의무실로 후송되었다. 하지만 그곳에서도 의무병들이 해줄 수 있는 일은 없었다.

"이미 대부분의 장기가 손상된 상태입니다. 그냥 고통을 덜어주는 게……."

하지만 제루카는 포기하지 않았다.

"너는 지금 죽으면 안 돼. 겨우 널 살려냈는데… 이렇게 죽게 내버려둘 순 없어!"

제루카가 속삭였다. 그는 무슨 수를 쓰더라도 케이를 다시 살려낼 생각이었다. 그는 데라크스를 힐끔 쳐다보았다.

데라크스 역시 그 옆에서 죽어가는 케이를 바라보고 있었다. 데라크스 역시 심정이 복잡했다. 그는 케이에 대해 항상 꺼림칙한 감정을 품고 있었다. 언젠가는 케이가 자신에게 해를 끼칠 것이라는 근거 없는 예감 때문이었다. 그래서 케이가 이대로 죽는다 한들 그다지 아쉬울 것은 없었다.

하지만 지금 케이는 자신의 은혜를 입어 누명을 벗고 살아난 존재였다. 자신의 은총을 널리 보여주는 살아 있는 증거였던 것이다. 그런데 여기서 만약 죽어버린다면? 오히려 자신의 업적이 축소되는 결과를 낳는다. 그건 바라는 일이 아니었다.

'어떻게 해야 하지?'

결정을 내리지 못하고 고민 중인 데라크스에게 제루카가 와서 무언가를 속삭였다.

"뭐라고?"

그 말을 들은 데라크스는 깜짝 놀랐다.

"달리 방법이 없습니다. 시간이 없으니 허락해주신다면 바로 준비하겠습니다."

"그걸 투입한다고 해도, 성공한다는 보장은 없어."

"지금은 지푸라기라도 잡아야 하니까요. 마지막까지 최선을 다해보고 싶은 것뿐입니다."

"알겠네."

마침내 데라크스의 허락이 떨어졌다. 제루카는 빠르게 항성간 통신을 시작했다.

잠시 후 비행정 한 대가 착륙하고, 무언가를 든 의사가 내렸다.

"이쪽입니다."

그곳에서는 케이가 의료 장비에 의지한 채 생명을 겨우

유지하고 있었다.

"기밀 유지를 위해 최소 인원만을 남기고 나가주세요. 이 방은 완전히 봉쇄해주시고요."

순식간에 응급실이 봉쇄되었고, 데라크스와 제루카, 그리고 최소한의 의료 인원만 남았다.

"그럼 시작하겠습니다."

의사는 가지고 온 특수 용기를 열었다. 그리고 그 안에서 빛나는 녹색의 물질을 꺼냈다.

테라륨이었다.

케이의 목 혈관에 꽂힌 미세 주사바늘을 통해 테라륨이 주입되자 짙은 녹색의 물질이 빛을 내며 혈관을 타고 흐르는 모습이 적나라하게 보였다. 그리고 그 물질은 천천히 케이의 몸속으로 흡수되어 갔다.

"크으윽!"

테라륨이 흡수될수록 케이는 더 큰 고통을 느꼈다. 아픔을 참을 수 없었던 케이는 몸부림치며 비명을 질렀다. 그걸 보고 있는 제루카는 초조했다. 그동안 테라륨에 부작용 반응을 보인 사람들이 어떻게 죽어갔는지 너무나도 잘 알고 있었기 때문이다.

"으아아아악!"

죽음 직전의 강렬한 고통이 몇 번이나 케이를 꿰뚫었다.

끔찍한 고통이 찾아올 때마다 케이는 계속 비명을 질러대며 온몸을 흔들었다. 핏줄을 통해 퍼져가는 녹색의 테라륨은 몸속에서 점점 더 시꺼멓게 변해갔다.

시간이 얼마나 흘렀을까.

몸부림치던 케이가 움직임을 멈췄다. 더이상 소리도 지르지 않았다. 케이의 호흡이 천천히 안정적으로 바뀌어가고 있었다.

케이의 파열된 복부에서 검은 액체가 흘러나왔다. 그 액체는 세포의 구조로 검은 핏줄을 만들더니 파열된 피부조직과 장기를 복구하기 시작했다.

"루, 자네도 보고 있나? 신체 조직을 다시 만들고 있어."

데라크스는 테라륨의 효과에 놀라고 있었다. 그건 제루카도 마찬가지였다.

"네, 정말 놀라운 물질이군요."

그리고 세루카는 케이기 다시 회복되고 있다는 사실에 다시 한번 안도할 수 있었다. 하지만 지금 케이의 파열된 몸을 복구하고 있는 검은 물질이 이후에 그들의 유전자를 완전히 다른 방향으로 변화시킬 거라는 것은 전혀 예상하지 못했다.

*

　여태까지 계속 실패만 거듭하던 테라륨의 인체실험이 우연히 성공하자 이에 대한 분석이 뒤따랐다. 데라크스는 성공 요인이 시스인의 유전자 때문이라고 보았다. 그는 시스에서 태어난 이들을 모아 대규모 테라륨 주입 프로젝트를 실행했다.

　그 결과 시스인들은 극히 일부의 예외를 제외하면 테라륨 적응력이 90%를 상회한다는 놀라운 결과를 얻었다. 적응력이 20% 내외에 불과하고 실패하면 죽음에 이르는 페르다인과는 달리, 시스인의 경우에는 나머지 10%도 일시적인 부작용만을 겪을 뿐이었다.

　데라크스는 일부 신생아들에게도 테라륨을 주입했다. 신생아의 테라륨 적응력은 성인보다 훨씬 높았고, 부작용 역시 미미했다.

　이렇게 테라륨을 주입받은 이들은 신체 재생 능력을 가진 새로운 종으로 다시 태어났다. 세포들이 성장하면서 이 능력은 점점 더 강력해졌고, 팔다리가 잘려도 스스로 재생할 정도로 진화한 이들도 생겨났다.

　물론 그들과 관련된 기록은 모두 기밀사항으로 분류되었다.

하지만 데라크스는 그렇다고 그들의 존재를 딱히 숨길 생각은 없었다. 데라크스는 테라튬에 적응한 인원들을 기존의 군대에 투입해서 군사적으로 활용하기 시작했다. 마침내 우주 정복을 향한 그의 야욕을 채워줄 도구를 만들어 낸 것이다.

테라튬 전사들은 이웃 태양계의 11개 국가를 침공하는 데 투입되었다. 이 전쟁은 이른바 '태양계 전쟁' 혹은 '데라크스의 우주 정복 사업'으로 불리며 시스 행성 이주 정책 성공, 시스 원료의 대량 공급과 함께 페르다 왕국의 전성기를 이끄는 계기가 되었다.

태양계 전쟁은 무려 20년 동안 계속되었다. 상등병이었던 케이는 테라튬을 투입받은 최초의 전사로서 그 기간 동안 전투를 거듭하며 대령까지 승진했다. 특히 그가 이끄는 보병부대 147사단의 용맹함은 전 우주에 알려질 정도였다.

케이가 이끄는 147사단과 더불어 테라튬 전사가 이끄는 또 하나의 부대가 전 우주에 그 이름을 알렸는데, 그것은 보병부대 270사단이었다. 재밌게도 이 부대를 이끌고 있는 것은 케이와 만만치 않은 악연을 가진 카림이었다.

카림은 시스 전쟁 때 공군으로 참여했다가 그의 부대가 전멸하자 무적無籍 상태로 지낸 적이 있었는데, 그 때문에 탈영병 취급을 받다가 시스인에게 협조했다는 혐의까지 덧씌워진 적이 있었다. 페르다 왕국에 돌아온 이후 군사 재판을 받는 과정에서, 다른 범죄 사실까지 발각되어 사형 판결을 받았는데 테라륨 실험을 받는 대가로 목숨을 부지할 수 있었던 것이다.

이후 그 역시 테라륨에 적응한 군인으로서 여러 전쟁에 나가 공을 세웠다. 그리고 케이와 똑같은 대령 계급까지 진급하였으며, 케이의 부대처럼 뛰어난 성과를 낸 부대의 지휘관이 되었던 것이다.

케이와 카림이 이끄는 부대는 태양계 전쟁의 마무리까지 함께했다. 그렇게 페르다 가문은 12개의 국가를 모두 통일해 거대한 제국을 이루었다. 물론 역사에는 그 모든 것이 페르다 가문의 업적으로 기록되었지만, 사실은 페르다 황제를 조종하고 있는 데라크스 후작이 이루어낸 일이었다.

데라크스의 우주 정복에 큰 역할을 한 테라륨은 의학 분야에서도 혁명을 가져왔다. 신체를 재생하는 능력 뿐 아니라 노화를 늦추는 효과도 있다는 게 밝혀졌기 때문이다. 다만 부작용을 피하기 위해 연구원들은 테라륨과 시스 원료에서 추출된 성분들을 배합하여 테라륨-II라는 새로운 물질을 개발했다. 페르다인들의 수명은 수백 년까지 늘어나게 되었다.

수명이 몇 배로 늘게 되니 당연히 이루어야 할 일이 더 많아졌다. 평범한 일생을 마칠 수 있었다면 데라크스는 분명 12개 행성을 통일한 것으로 만족했을 것이다. 하지만 몇 년이 흐르는 동안 새도우 가의 새로운 예언이 나타났고, 그것이 데라크스의 심기를 건드리면서 그는 새로운 계획을 세우기 시작했다. 더 먼 우주로 나가기 위한 대우주 항해 프로젝트였다.

그는 예언자, 과학자 그리고 군인들로 이루어진 개척팀을 만들어서 전 우주로 보낼 계획을 세웠다. 역시 이번에도 대규모의 테라튬 전사들이 투입되었다.

케이 역시 대우주 항해 프로젝트에 차출되어 출발을 기다리고 있던 중 뜻밖의 연락을 받았다. 그의 숙부인 제루카가 죽음을 앞두고 있다는 소식이었다.

"출발 준비는 잘되고 있니?"

제루카는 다정한 표정으로 케이를 바라보며 물었다.

"네, 이제 곧 출항합니다."

시력을 거의 잃어가는 중이었지만 제루카는 대령 계급장을 달고 제복을 입은 케이가 눈에 보이는 것처럼 흐뭇한 미소를 지었다.

"보기 좋구나. 벌써 대령이라니. 지난 전쟁에서 엄청난 공을 세웠다면서."

"다 숙부님이 저를 살려주신 덕분이죠."

케이의 마음속에서, 제루카가 어머니를 죽인 원수라는 사실은 단 한 번도 잊은 적이 없었다. 하지만 그와 동시에 제루카는 그를 세 번이나 살려준 생명의 은인이기도 했다. 그 일에 대해서는 깊이 감사하고 있었다.

시스 전쟁 이후, 데라크스는 끝내 의심을 거두지 않고 케이에 의해 파괴된 로봇의 영상 파일을 복구하고 말았다. 그 일 때문에 제루카는 대령직에서 물러나는 것은 물론 데라크스의 신뢰를 완전히 잃고 말았다. 케이가 테라륨 실험에 성공했기 때문에 목숨을 살려두었을 뿐, 그 시점에서 이미 제루카의 인생은 끝난 것과 다름없었다.

"마지막으로 그런 네 모습이 보고 싶었다… 이제 죽어도 여한이 없구나."

"테라륨 적합성 여부는요?"

"알아봤지. 근데 성공 확률이 제로야."

케이는 말없이 제루카의 얼굴을 바라보았다. 한때는 죽이고 싶도록 미웠던 사람이었다. 그 역시 그 사실을 알았을 것이다. 하지만 그럼에도 불구하고 형의 아이라는 것만으로 자신을 거둬주고 키워주었다. 심지어 군인으로서 그의 자리를 걸고 케이의 실수를 감싸주기까지 했다. 또 그가 목숨을 잃을 위기에 처하자 그를 살리기 위해 위험한 실험을 감행하기도 했다.

그렇게 멀리하려고 애썼던 사람이었지만, 케이의 삶에 제루카는 이미 너무 가까이 들어와 있었다.

"케이……."

제루카는 힘이 빠진 목소리로 케이의 이름을 불렀다.

"네, 숙부님."

"미안하다."

케이는 아무 말도 할 수 없었다.

"나도 알아. 내가 네게 지은 죄는 씻을 수 없다는 걸. 그럼에도 네가 이렇게 잘 자라주어서… 정말 고맙구나. 남은 용서는 하늘에서 네 아버지와 어머니에게 빌어보마."

겨우 그 말을 마치고 제루카는 조용히 눈을 감았다. 케이는 잠시 그 모습을 바라보다가 나시막이 그에게 미지막 인사를 건넸다.

"정말… 고마웠어요, 루."

Part 4.　　　　　　環영의 도시

1.
칼루쏘

아리아의 크루저 PT-1은 미끄러지듯 모래 위를 날아갔다. 한쪽 날개가 부러져 있었지만, 다행히 능숙한 조종으로 해성을 따라잡는 데 큰 어려움은 없었다.

한참을 달렸을 때, 그녀의 눈에 사막 위를 엄청난 속도로 달리고 있는, 검은 불에 휩싸인 해성이 보였다.

"해성!"

아리아가 불렀지만 해성은 아리아를 알아보지 못했다. 오히려 해성은 달려들어 그녀를 공격했다.

"안 돼!"

아리아는 PT-1을 기울여 그의 검은 에너지 공격을 피했다. 하지만 그와 동시에 중심을 잃었고, 그녀는 사막에 자신의 크루저와 함께 뒹굴었다.

그 사이 검은 불에 휩싸인 해성은 계속 연기가 나는 곳으로 달려갔다.

"도대체 무슨……."

아리아가 사막에 처박혀 있는 동안 해성은 빠르게 움직였고 그녀 역시 다시 크루저에 올라타 해성을 뒤따랐다.

검은 불에 휩싸인 해성이 도착한 곳엔 모래가 움푹 파인 커다란 구멍 앞이었다. 그리고 중심엔 추락한 외계의 비행체가 있었다.

추락한 비행체의 크기는 거대했다. 조종석에 보이는 사망한 조종사들이 엄청난 크기의 거인족이었기 때문이었다. 갈색 털에 여섯 개의 눈을 가진 그들은 칼루쏘라 불리는 외계 종족이었다.

비행선에서 조금 떨어진 곳에는 살아남은 칼루쏘가 케이의 복제품, 레플리카 마크-원을 붙잡고 있었다. 검은 불에 휩싸인 해성은 뒤도 돌아보지 않고 칼루쏘에게 달려가 주먹을 날렸다. 하지만 그는 가볍게 해성의 주먹을 막았다.

레드 다이아몬드를 가진 마크-원과 검은 불에 휩싸인 해성 모두 대단히 강한 전투력을 가진 존재였지만, 칼루쏘의 완력에 완벽하게 제압당했다. 뒤늦게 그곳에 도착해 그들이 처한 상황을 본 아리아는 난감한 표정을 지었다.

"이건 또 도대체 무슨……."

해성은 또 한번 칠흑 같은 어둠 속을 걷고 있었다. 하지만 지난번과는 조금 달랐다. 그의 손에는 촛불처럼 작은 빛 에너지가 있었다. 그는 그 작은 빛에 의지해 길을 걸었다. 그러자 멀지 않은 곳에 검은 불에 휩싸인 자가 서 있는 모습이 보였다.

검은 불에 휩싸인 자는 어느새 앞으로 다가와 해성의 손을 붙잡았다. 그러자 해성의 손에 있던 작은 빛은 사라져 버렸다. 대신 해성의 몸이 횃불처럼 불타오르기 시작했다.

"으아악!"

그때 해성의 귓가에 아리아의 목소리가 들렸다.

"지지 마요, 해성! 당신을 되찾아야 해요!"

아리아의 목소리가 고통으로 몸부림치던 해성의 정신을 다시 깨웠다. 해성이 다시 주먹을 쥐었다. 그의 두 손에서 다시 한번 빛이 새어 나오기 시작했다.

자신의 몸을 태우는 검은 불을 뚫고 해성은 손에서 나온 빛의 힘을 상대를 향해 발사했다. 그도 검은 연기 에너지를 뿜어 저항했다. 빛과 검은 연기가 서로 대등하게 맞서며 힘의 균형을 이뤘다.

이내 조금씩, 해성의 빛이 검은 연기를 밀어내기 시작했다. 그리고 충돌한 빛은 크게 퍼져나가 마침내 모든 공간을 하얗게 빛으로 물들였다.

해성은 주변을 돌아보았다. 검은 불에 휩싸인 자도, 검은 불과 연기도 전혀 눈에 띄지 않는 새하얀 빛의 공간이었다. 해성의 눈앞에는 빛나는 작은 문이 하나 놓여 있었다.

그는 그 앞으로 걸어가 문을 열었다.

번쩍.

문을 여는 것과 동시에 해성이 눈을 떴다. 그의 정신이 다시 현실세계로 돌아왔고, 자신과 마크-원이 거인의 손에 꽉 붙잡혀 있음을 알았다.

해성은 목만 움직여 아래를 내려다보았다. 아리아가 거인족 칼루쏘의 발 아래쪽에 있었다. 칼루쏘는 그녀를 밟아 뭉개려 했고, 아리아는 빛의 방패를 소환하여 그것을 간신히 막아내고 있었다.

다시 한번, 해성의 손이 빛을 발했다. 그것은 예전보다 훨씬 더 밝고 강한 빛이었다. 눈이 부실 정도로 강한 빛에 칼루쏘가 괴로워하며 뒤로 물러섰다.

'좋았어!'

그 순간을 놓치지 않고 해성은 그의 거대한 손아귀에서 빠져나왔다. 그리고 그의 팔을 타고 얼굴까지 올라갔다.

"받아라!"

해성은 강력한 빛을 발하는 주먹으로 일격을 날렸다. 해성의 주먹과 칼루쏘의 얼굴이 충돌하며 섬광이 번쩍였다.

"크우우욱!"

기괴한 비명을 내며 칼루쏘가 그대로 사막 위에 쓰러졌다. 그러면서 마크-원도 거인의 손아귀에서 빠져나왔고, 발에 짓눌리던 아리아도 자유로워졌다.

해성은 아리아에게 달려갔다.

"괜찮아요?"

"네… 괜찮아요."

몸 여기저기에서 크고 작은 통증이 느껴졌지만 아리아는 이를 악물고 말했다.

"어둠 속에 있을 때… 당신의 목소리를 들었어요."

해성이 말하자 아리아는 해성을 바라보며 미소를 지었다.

"빛이, 뭔가 달라졌네요?"

"맞아요. 저도 이해가 잘 안 가는데… 뭔가 힘이 넘치는 것처럼 느껴져요. 꼭 한 단계 더 각성한 느낌이랄까?"

한편 마크-원은 정신을 차린 뒤 쓰러진 칼루쏘를 살펴보기 위해 다가갔다. 칼루쏘도 아직 의식을 완전히 잃지는 않았는지 마크-원을 붙잡기 위해 팔을 휘저었다. 하지만 마크-원은 잽싸게 물러서며 공격을 피했다.

마크-원은 염력으로 거인을 들어 올리려고 했다. 하지만 거인의 물질적인 질량이 마크-원이 감당할 수 있는 염력을 넘어서는지 칼루쏘는 꿈쩍하지 않았다.

자신의 염력이 통하지 않자 이번에는 레드 다이아몬드의 능력이 담긴 힘으로 그의 얼굴을 강타했다. 하지만 이번에도 치명적인 타격을 주지는 못하고 칼루쏘의 화만 돋을 뿐이었다.

칼루쏘는 짐승 같은 굉음을 내더니 마크-원을 붙잡아 바닥으로 내동댕이쳤다. 그리고 일어서서 다시 마크-원을 짓밟기 시작했다. 마크-원은 피를 토하며 사막을 뒹굴었다.

그 모습을 발견한 해성이 다시 나섰다. 그는 칼루쏘의 발밑으로 가서 빛의 에너지를 손에 집중시켜 칼루쏘의 발을 쳐냈다. 해성의 손에서 발광하는 빛을 본 칼루쏘는 주춤했다.

"무섭다! 반짝이는 빛!"

"뭐라고?"

칼루쏘가 말하는 것을 처음 본 해성이 공격을 멈추고 그에게 말했다.

"같은 힘이다! 무서워!"

단순한 단어들만 사용하는 칼루쏘와 의사소통하기는 쉽지 않았다. 하지만 그럼에도 최대한 시도는 해봐야 했다. 그는 일단 빛의 에너지를 거두고 평화의 수신호를 보내며 칼루쏘에게 말했다.

"너의 정체는 뭐냐?"

"나는 칼루쏘다."

"칼루쏘?"

"칼루쏘는 크다. 힘 세다."

"왜 이곳에 왔지?"

"해적! 공격! 칼루쏘, 추락했다."

그 말을 들은 아리아가 끼어들었다.

"아마 항해 중 우주 해적의 공격을 받은 것 같아요."

해성도 동의한다는 듯 고개를 끄덕였다.

"우린 해적이 아니야. 네가 우릴 공격하지 않으면 우리도 공격하지 않아."

마치 어린아이와 이야기 하듯, 해성은 차분하게 대화를 이어 나갔다.

"너는 어디서 왔어?"

아리아가 침착한 목소리로 물었다. 그러자 칼루쏘가 하늘을 가리키며 대답했다.

"칼루쏘 집!"

"칼루쏘 집?"

"내 친구들 아파! 칼루쏘 집! 도움 필요해!"

"너희 행성을 누군가 점령했어?"

아리아가 그렇게 묻자 칼루쏘가 고개를 끄덕였다.

"누가 점령했는데?"

이번엔 해성이 물었다. 그러자 칼루쏘는 해성을 가리키며 또다시 시끄럽게 소리쳤다.

"너와 같은 힘! 너와 같은 힘! 나쁜 힘!"

그 말을 들은 아리아가 고개를 갸웃했다.

"해성 씨와 같은 힘이라면 가디언일 텐데……."

하지만 해성은 팔짱을 끼고 말없이 생각에 잠겨 있었다. 아직 해성은 가디언에 대해 제대로 알지 못했다. 그가 가지고 있는 정보는 너무나 단편적인 것들 뿐이었다. 칼루쏘가 말하는 자가 가디언이 맞다면, 그들이 말하는 가디언의 모습과 아리아가 말하는 가디언 사이에는 너무 큰 간극이 있었다.

'아버지의 정체… 그리고 이 힘의 정체를 알아야겠어.'

그때였다. 어느새 출동한 센트럴오피스의 배틀쉽들이 모래바람을 가르며 그들 곁으로 접근했다. 그리고 AI 얼굴 인식으로 해성과 아리아의 정체를 파악했다.

"수배 중인 반역자들에게 접근 중입니다. 그리고……."

하지만 칼루쏘처럼 거대한 종족은 그들이 가진 데이터베이스에 포함되어 있지 않았다.

"정체를 알 수 없는 거인족이 함께 있습니다!"

칼루쏘를 발견한 파수병이 소리쳤다.

"함장님, 어떡하죠?"

배틀쉽의 함장 역시 처음 보는 거인족의 등장에 당황했다. 하지만 그는 다른 대원들이 혼란스럽지 않도록 빠른 의사결정을 내렸다.

"거인족은 생포한다!"

"…네?"

"히콘 생포용 그물망을 이용해."

안타깝게도 그의 판단은 커다란 비극을 가져왔다.

그들은 히콘 포획용 메탈 그물을 투하했지만 칼루쏘는 그 그물에 제대로 걸려들지 않았고, 오히려 그를 자극하는 결과를 낳았다.

칼루쏘는 메탈 그물을 물어뜯고 그물을 투하하기 위해 저공으로 날고 있는 배틀쉽을 향해 점프했다. 육중한 무게와 달리 놀라운 점프력을 가진 칼루쏘는 배틀쉽에 매달려 몸을 흔들기 시작했다. 칼루쏘의 무게에 기울어진 배틀쉽이 중심을 잃고 선회하다가 옆에 있던 다른 배틀쉽과 충돌했다.

하지만 그 사이 칼루쏘는 다시 한번 추진력을 얻어 함장의 배틀쉽 위로 올라갔다.

기체 안에 있던 대원들은 전혀 예상치 못한 상황에 새파랗게 겁에 질렸다.

"레이저 포 발포!"

레이저 포를 발포했지만 칼루쏘는 가볍게 레이저를 피하며 관제실 쪽으로 점프했다. 그리고 관제실의 지붕을 뜯어서 안에 있던 군인들에게 주먹질을 하기 시작했다. 공격을 받은 배틀쉽은 연기를 내며 사막 위로 추락했다.

지상 지원을 위해 출동한 다른 군인들은 추락하는 배틀쉽을 망연자실한 표정으로 바라보고 있었다. 그들 역시 배틀쉽에 탑승한 함장의 지휘를 받는 군인들이었다. 어이없이 지휘관을 잃은 그들은 결국 오합지졸처럼 사막 쪽으로 달아나기 시작했다. 하지만 그 사막 한 가운데에는 어느새 먹잇감을 찾아 온 거대한 아구라가 자리 잡고 있었다. 아구라는 군인들이 몰려오는 것을 보자 아가리를 벌려 군인들을 모조리 집어삼켰다. 아구라의 먹성은 로봇 기동대까지 가리지 않았다.

"해성! 조심해요!"

해성과 아리아 주변에는 마치 유성처럼 배틀쉽이 불길에 휩싸인 채 땅으로 추락하면서 폭발하고 있었다. 그리고 어느새 다시 땅 위로 내려선 칼루쏘가 자신의 작품을 감상

하는 예술가처럼 흐뭇하게 바라보고 있었다.

그때, 다시 사막에서 아구라가 몸을 드러내며 칼루쏘를 향해 달려들었다. 그러자 칼루쏘도 고함을 지르며 아구라와 맞섰다. 두 거대한 짐승이 서로의 힘을 겨루기 시작했다.

하지만 아구라조차도 칼루쏘에겐 역부족이었다. 칼루쏘는 힘으로 아구라를 완벽하게 제압하더니, 결국 두 팔로 아구라의 아가리를 잡고 위아래로 찢어버렸다. 그러자 검은 피가 분수처럼 솟구쳤고, 칼루쏘는 그 검은 피를 온몸에 뒤집어썼다.

해성과 아리아는 손가락 하나 움직이지 않고 칼루쏘가 아구라를 해치우는 모습을 보고 있었다. 아구라가 나타났는데도 전혀 당황하거나 힘들게 뛰어다니지 않고 이렇게 편안하게 보고 있다는 게 제법 신기하게 느껴졌다.

칼루쏘가 아구라를 해치운 걸 확인한 두 사람은 시선을 돌려 주변에 화염에 휩싸인 배틀쉽들을 보았다. 그리고 그 사이, 모래에 파묻힌 케이의 레플리카 마크-원을 발견했다. 아리아는 그의 숨통을 끊어버리기 위해 빛의 검을 꺼냈다.

"아리아 잠깐!"

해성이 급하게 아리아의 이름을 불렀다.

"그를 살려줘요."

아리아는 해성의 의도를 이해할 수 없었다.

"케이의 복제품이에요. 그와 같은 힘을 가지고 있고요. 분명히 우리에게 위협이 될 거예요."

"위협이 될 가능성이 있다는 이유만으로 생명을 죽일 수는 없어요. 그는 아직 케이 같은 악인이 아니예요."

해성의 말에 아리아는 동의할 수 없었다. 복제된 케이를 독립된 하나의 생명으로 봐야 하는지도 의심스러웠고, 설령 그렇다 한들 그 존재가 케이의 복제품인 이상 그것의 미래도 크게 다르지 않을 거라고 생각했다.

둘이 갈등하는 사이, 어느새 마크-원은 정신을 차리고 일어서서 해성과 아리아 쪽으로 다가왔다. 아리아는 경계심이 가득한 눈빛으로 그를 바라보았다.

마크-원은 해성을 향해 물었다.

"왜 나를 죽게 내버려두지 않았지? 나는 당신들이 나에 대해 적개심을 가진 걸 아는데."

"내가 미워하는 건 너의 본체야. 복제된 너는 이제 태어난 존재일 뿐이다. 네가 어떻게 변할지 모르는데, 그 가능성을 버릴 수는 없었다."

"하지만 나는 네가 미워하는 케이 그 자체다. 나는 그의 기억을 가지고 있고, 그가 느낀 감정도 동일하게 느껴."

"그렇다고 해도 너는 그와 달라."

"뭐?"

"네가 가지고 있는 건 입력된 기억일 뿐이야. 너는 너 스스로 아무것도 경험해보지 않았어."

해성의 말을 들은 마크-원은 생각에 잠겼다.

"인간은 직접 경험을 하면서 많은 것을 배우고 깨닫게 된다. 너는 이제부터 네 기억의 주인과 다른 많은 걸 경험할 거야. 그럼 너는 지금까지의 너와 아주 다른 무언가가 될 수도 있지. 나는 그 가능성을 기대한 것뿐이야."

"가능성이라고?"

"네가 더 나은 존재가 될 가능성. 그게 있는 이상 너를 죽여서는 안 된다고 생각했어."

아리아는 해성이 지금 하고 있는 행동이 여전히 마음에 들지 않았다. 하지만 해성은 그런 아리아의 뜻을 살피지 않고 자기가 생각대로만 말하고 행동했다.

"내가 너에게 새로운 경험을 할 기회를 주겠다. 나와 함께 가겠나?"

"어디로 가는데?"

마크-원이 되묻자, 해성은 아구라의 피를 뒤집어쓴 채 날뛰고 있는 칼루쏘를 가리켰다.

"저 친구를 도우려고."

"지금… 우리랑 헤어져서 독자 행동을 하겠다는 거예요?"

해성의 말에 먼저 반응한 것은 마크-원이 아니라 아리아였다. 지금 해성의 말은 자신들과 함께 저장소를 찾는 임무를 포기하겠다는 뜻이었기 때문이다.

"맞아요. 나는 칼루쏘의 행성으로 갈 거예요."

"왜죠?"

"아버지를 만나보고 싶어요. 그가 누구인지를 아는 게 나한테 가장 중요한 일인 것 같아서요."

"그럼… 저장소를 찾는 건 포기하는 거예요?"

아리아는 안타까운 얼굴로 해성을 바라보며 물었다. 하지만 해성의 결심은 단호했다.

"아리아, 당신은 디아고를 잘 아니까 만나서 설득해봐요. 어차피 그의 손에 달려 있는 일이니까, 어쩌면 생각보다 쉽게 저장소의 위치를 알아낼 수 있을지 몰라요."

"그게 안 통하면요?"

"그럼 싸워야죠."

"당신 없이?"

해성을 바라보는 아리아의 눈빛은 제발 자신을 떠나지 말라고 소리치고 있었지만, 해성에겐 그 외침이 들리지 않았다.

"레볼트가 있잖아요. 헤나랑 힘을 합쳐봐요."

"싫어요."

아리아는 단번에 고개를 저었다. 그녀는 헤나를 동료로 인정하지 않았고, 둘은 물과 기름처럼 섞일 수 없는 사이라고 생각했다. 둘 사이에 해성이라는 존재가 있기 때문에 더더욱.

해성 역시 그 이유를 알고 있었지만, 아리아가 개인보다는 모두를 위한 선택을 해주기를 바랄 뿐이었다.

"알았어요. 그건 당신의 뜻대로 해요."

"안 가면… 안 돼요?"

하지만 해성은 미안하다는 듯 고개를 돌렸다.

"반드시 돌아올게요. 조금만… 조금만 기다려줘요."

해성은 아리아를 안았다. 아리아는 해성의 얼굴을 바라보다가 긴 입맞춤을 했다. 그것이 해성과 나누는 마지막 입맞춤이 되지 않기를 그녀는 간절히 바랐다.

작별인사를 마친 아리아는, 한 번도 돌아보지 않은 채 PT-1로 걸어갔다. 그것을 타고 다시 일행들에게 돌아갈 때까지 절대 뒤를 돌아보지 않을 작정이었다.

*

해성은 아리아가 지평선 너머로 사라질 때까지 바라보았다. 마침내 그녀가 작은 점이 되어 사라졌을 때, 돌아서며 말했다.

"우리도 가자."

그의 말을 들은 케이의 복제품 마크-원이 물었다.

"어디로 가는데?"

"일단 비행선을 고치고, 그 다음에 목적지를 생각해보지."

칼루쏘와 해성은 사막을 함께 걸었다. 마크-원은 염력의 힘으로 칼루쏘의 비행선을 공중에 띄운 뒤, 그것과 함께 두 사람의 뒤를 따라갔다.

"내 이름은 해성이다."

"이미 알고 있다. 갑자기 왜 그런 얘기를 꺼내는 거지?"

"너를 뭐라고 불러야 할지 몰라서."

"나는 케이 루나벤켄도르다."

"그건 네 원본의 이름이잖아."

"그럼 케이 루나벤켄도르의 레플리카 마크-원은 어때?"

"복잡해. 여전히 네 원본의 이름이 들어 있기도 하고."

해성은 마크-원에게 자신만의 정체성을 가진 이름을 붙여주고 싶었다. 그건 앞으로 케이나 그의 레플리카가 아닌 본인의 길을 걸어갔으면 하는 바람이기도 했다.

"네가 소중하게 생각하거나 너한테 의미 있는 단어 없어? 그런 걸 이름으로 정하면 좋을 것 같은데."

마크-원은 한참 동안 생각에 잠겨 있었다. 그런 상태로 10분 정도 조용히 걷다가 마침내 입을 열었다.

"루… 라고 불러라."

"루?"

"정확히 누군지는 모르지만, 내 기억에 강렬하게 새겨진 이름이다. 아마… 나한테 의미가 큰 사람이겠지."

"알았어. 잘 부탁한다, 루."

해성은 이제 더이상 마크-원이 아닌 루를 향해 손을 내밀었다.

"악수라는 거야. 마주 잡고 손을 흔들면 돼."

루는 손을 잡고 좌우로 흔들었다. 해성은 그게 아니라고 얘기해주고 싶었지만 참았다.

'일단 한 번에 하나씩 나아가는 걸로.'

해성은 이번엔 칼루쏘 쪽으로 고개를 돌렸다.

"너도 잘 부탁해, 칼루쏘."

"나도! 잘 부탁해!"

만난지 몇 시간만에 처음으로 제대로 인사를 나눈 세 사람은 사막을 나란히 걸어갔다. 이렇게 만난 세 사람이 우주의 운명을 어떻게 바꿀지, 그들은 전혀 짐작하지 못하고 있었다.

해성과 칼루쏘, 그리고 루가 예리엘의 안식처에 도착했을 때, 약간의 혼란이 있었다. 예리엘은 처음엔 거대한 몸집의 칼루쏘를 보고 놀랐고, 다음엔 케이와 똑같이 생긴 루를 보고 한 번 더 놀랐으며, 마지막으로 루가 염력으로 이끌고 온 거대한 비행선을 보고 한 번 더 놀랐다.

헤나와 레볼트 정예군들이 모두 출동한 이후, 은둔처에서 조용히 낚시를 즐기고 있던 예리엘에겐 마른하늘에 날벼락 같은 일이었다.

"그래… 저 놈은 케이가 아니라고?"

해성에게 자초지종을 들은 후에도 예리엘은 믿을 수 없다는 듯 한참 동안 루를 바라보았다. 아무리 봐도 케이와 모든 것이 똑같은데, 그가 아니라니…….

"케이를 복제한 거니까 생김새나 능력은 똑같아요. 하지만 이제 새롭게 태어나서 본인만의 가치관을 배워가는 중입니다. 지금은 제 동료라고 생각하시면 돼요."

예리엘은 고개를 끄덕였지만, 여전히 루에게 마음을 열기는 어려운 눈치였다.

큐에게 고장난 비행선 수리를 맡기는 동안, 해성은 예리엘에게 헤나가 4구역으로 떠났다는 소식을 들었다.

그리고 한참 이야기를 나누던 중에 예리엘이 갑자기 해성에게서 뭔가를 느낀 듯, 애매한 표정을 지으며 말했다.

"너 혹시… 새로운 힘을 얻게 된 거냐?"

예리엘의 말에 해성은 깜짝 놀랐다.

"그걸 어떻게 아셨어요?"

"처음 볼 때부터 뭔가 위화감이 느꼈는데, 그게 뭔지 이제야 깨달았어."

"대단하시네요. 그걸 척 보고 알아내시다니……."

해성은 예리엘에게 다시 한번 감탄했다. 하지만 예리엘은 해성에게 엉뚱한 제안을 했다.

"나와 봐. 우리 대련하자."

"네? 갑자기요?"

"응. 네가 새롭게 얻은 힘이 어떤 건지 보고 싶어서 미치겠거든."

결국 둘은 호숫가에서 간단한 대련을 갖기로 했다. 예리엘이 먼저 빛의 힘으로 해성을 공격했다. 예리엘의 공격은 빠르고 정확했지만, 해성은 그의 선제 공격을 어렵지 않게 피한 뒤, 양손에서 빛 에너지를 발산하며 대응했다. 해성이 사용하는 빛 에너지는 압도적으로 강력해서 멀리서 보아도 눈이 부실 정도였다.

"놀라워! 그 정도로 밝게 빛나는 에너지는 처음 보는데!"

예리엘은 기죽지 않고 더 큰 에너지를 끌어올려 해성에

게 주먹을 날렸다. 하지만 해성은 그의 공격을 한 손으로 가볍게 막았다. 그리고 남은 한 손으로 예리엘의 가슴을 밀치자 예리엘이 멀리 날아가 떨어졌다.

"엄청난데. 지금 이 정도면 케이를 상대해도 이길 수 있겠어."

예리엘이 일어서면서 말했다.

"근데… 이 힘이 정말 가디언의 힘에서 온 걸까요?"

"모르지."

예리엘이 칼루쏘 쪽으로 시선을 돌리며 대답했다.

"하지만 정말 그가 저들의 행성에 있다면… 거기서 답을 얻을 수 있을지도."

그 말을 들은 해성은 큐가 고치고 있는 칼루쏘의 우주선 쪽을 바라보았다. 비행선의 수리가 끝나는 즉시, 해성은 칼루쏘의 고향 별로 떠날 생각이었다.

"정말 엄청난 기술력이에요. 솔직히 칼루쏘의 언어 능력은 현저하게 떨어지고 그걸 봐선 지능도 그리 높지 않은 것 같은데, 어떻게 이런 걸 만든 걸까요?"

비행선을 수리 중인 큐는 내부의 장치들을 살펴보며 계속 감탄하고 있었다.

"모든 게 다 자동화되어 있어요. 조종장치도 오토파일

럿이고요. 어린아이라도 조종할 수 있을 걸요.”

그는 동력 시스템도 분해해서 들여다보았다. 그리고 망가진 엔진 한쪽에서 짙은 푸른색의 물질이 담긴 유리관을 발견했다.

“이건……?”

호기심에 가득 찬 얼굴로 큐가 푸른색 유리관을 살피다가 그걸 분해하기 위해 공구를 들자 어느샌가 루가 옆에 다가와 말했다.

“조심해. 그건 시스야. 몸에 닿으면 위험해.”

“시스?”

“방사능을 내뿜는 물질이다.”

그 말을 들은 큐는 유리관 분해하던 것을 멈추고 푸른색 물질을 유심히 살펴보았다.

“그런데 루는 어떻게 시스를 알고 있지? 그것도 케이의 기억 속에 있는 건가?”

“맞아. 하지만 모든 기억이 다 남아 있는 건 아니다. 단편적인 기억의 집합인 경우가 대부분이지. 어떤 경우엔 감정만 남아 있는 경우도 있고.”

“그럼 케이의 과거에 대한 기억은? 나는 그가 어떤 경험을 거쳐 그런 사람이 되었는지 궁금하거든.”

“그의 과거에 대한 정보 역시 몇 가지를 제외하곤 삭제

된 것 같다."

"그래? 그거 좀 유감인데……."

루의 대답에 해성은 아쉬운 표정을 지었다.

해성이 예리엘을 찾아온지 한 달 정도 되었을 무렵, 마침내 칼루쏘의 우주선 수리가 끝났다. 시스를 사용하던 동력 장치를 크리스털 에너지로 전환시켰기 때문이었다.

동력 계통은 제3지구의 기술로 대체되었지만, 대부분의 전자장비는 기존과 동일했다. 오토 파일럿 기능 덕분에 칼루쏘가 고향별의 좌표로 돌아가는 것에는 아무런 문제도 없었다.

칼루쏘, 루, 그리고 해성은 비행선에 탑승했다. 예리엘과 큐는 떠나는 그들에게 손을 흔들어주었고, 비행선은 하늘로 떠올라 제3지구에서 점점 멀어졌다.

자신이 선택한 일이었지만, 미지의 곳을 향해 하는 해성의 마음은 무거웠다.

'정말 칼루쏘의 고향별에서 가디언을 만날 수 있을까?'

해성은 스스로에게 그렇게 물었지만, 대답을 얻을 순 없었다. 그건 직접 부딪쳐봐야 알 수 있는 일이었다.

2.
피, 땀, 눈물

혜나와 타케시를 태운 두 대의 리무진은 터널의 끝인 4구역 게이트에 가까워졌다. 게이트를 통과하기 위해선 혜나와 타케시 두 사람 다 본인의 얼굴을 감춰야만 했다.

"사용 방법은 알고 있겠지?"

앞에 앉은 경호원이 타케시에게 페이스페이커를 건넸다. 타케시가 페이스페이커를 목에 장착하자 그는 경호원 중 한 명처럼 보였다.

혜나도 앞의 리무진에서 아르만이 준 페이스페이커를 장착했다. 그녀는 디아고 권한대행의 오랜 친구인 가이샤 원로의 얼굴로 위장했다.

AI로봇이 검색대에서 차 안의 승객들을 스캔하고 있었다. 페이스페이커를 사용한 혜나와 타케시는 혹시라도 문제가 생길까 걱정했지만, 다행히 로봇들은 두 사람의 위장을 눈치채지 못했다. 절차를 모두 마친 두 대의 리무진은 거대한 4구역 게이트 앞으로 갔고, 잠시 후 굉음을 내며 게이트가 열렸다.

게이트를 통과한 리무진은 바퀴를 접고 하늘로 날아올랐다. 그리고 에어웨이에 올라 수많은 에어 모빌들 사이를 운행하기 시작했다.

"이게 바로… 말로만 듣던 센트럴시티의 풍경이군요."

창을 통해 비추는 화려한 전경을, 헤나는 넋을 잃고 바라보았다.

"예상보다는 덜 놀라시는데요. 원래 이곳을 처음 본 구역민들은 까무라칠 듯 호들갑을 떨거든요."

왠지 구역민을 깔보는 듯한 아르만의 말투가 마음에 들지 않았지만, 헤나는 레볼트의 리더로서 진중한 태도를 견지하고 있었다.

"물론 센트럴시티의 모습이 놀랍기도 하지만… 저는 약간 아쉽기도 하네요."

"어떤 면이 그렇죠?"

"여긴 이렇게 풍요로운데… 그렇다면 남아도는 물자와 자원을 구역과 함께 나누면 모두가 더 행복해지지 않을까요?"

"그것 참 어이없는 소리네요."

아르만은 헤나의 말을 비웃었다.

"애초부터 구역과 시티의 역할이 다르고, 그곳에 사는 사람들이 누리는 게 다른 것도 당연한 건데요."

"만약… 시장님께서 구역에서 태어났다면, 그렇게 말씀하실 수 있으실까요?"

"가정은 필요 없죠. 저는 구역에서 태어나지 않았으니까요."

헤나는 아르만의 방약무인한 태도에 할 말을 잃었다. 하지만 아르만은 헤나의 침묵을 동의라고 생각한 것 같았다.

"저는 어떤 의미에선 출신도 그 사람의 능력이라고 생각합니다. 실제로 구역에서 태어난 사람보다 시티에서 태어난 사람들이 훨씬 교육도 많이 받고 유능하죠."

"그건 구역에서 태어난 사람들에겐 교육받을 기회가 없어서……."

"능력 없으면 구역에서 낳아준 부모를 원망하면 됩니다. 출신도 실력인 걸 인정해야지 그걸 가지고 투덜대는 사람들이 다른 걸 한들 성공하겠습니까?"

아르만은 진심으로 그렇게 생각하는 것이 분명했다. 헤나는 더 대꾸하지 않았다. 이미 저런 사고방식에 길들여진 사람과의 대화는 무의미한 짓이었다.

창밖의 반짝반짝한 조명들이 더이상 눈에 들어오지 않았다. 그것은 지금도 굶주리며 에너지를 생산하고 있는 구역민들의 피와 땀, 그리고 눈물이었다.

긴 침묵의 시간이 지나고 두 대의 리무진이 센트럴시티 중앙 타워 앞에 도착했다. 헤나가 차에서 내렸을 때, 타케시는 먼저 내려서 타워를 올려보고 있었다.

"실제로 보는 건 처음이네요."

"타케시는 센트럴시티 출신… 아닌가요?"

의아한 표정으로 헤나가 물었다.

"센트럴타워는 특권층만 올 수 있는 곳입니다. 슬럼에서 자라 겨우 플릭이 된 제 신분으로는 올 수 없는 곳이죠."

"그렇군요… 이 안에서도 계급은 존재하는군요."

헤나가 슬픈 눈빛으로 그렇게 중얼거리자 눈치 없이 아르만이 끼어들었다.

"계급은 어느 시대, 어느 국가에나 존재하죠. 그걸 따르고 존중하는 것이 사회를 통치하는 첫 번째 원칙이고요. 당연한 얘긴 그만하시고 그만 들어가실까요?"

아르만의 말에 헤나와 타케시는 말없이 그 뒤를 따랐다. 그 입만 닥치게 할 수 있다면 순순히 따라주겠다는 표정으로.

두 사람은 아르만을 따라 승강기를 타고 타워의 가장 높은 층으로 올라갔다. 하지만 디아고의 집무실에 들어갈 수 있는 건 헤나 뿐이었다. 타케시는 대기실에서 기다리기로 했다.

"어서 오십시오."

헤나가 집무실로 들어서자 디아고 권한대행이 반가운 표정으로 그녀를 맞았다. 아르만은 뒤따라와 밖을 살피며 집무실 문을 닫고 헤나의 페이스페이커를 다시 회수했다.

"여행은 즐거우셨나요? 처음 보는 센트럴시티의 풍경은 어떠십니까?"

디아고가 다정한 표정으로 말을 이었다.

"확실히 화려하고 아름답네요. 구역의 처참한 풍경과는 대조적이더군요."

헤나는 말에 뼈를 담아 대답했다.

"제가 통치권을 가지게 된 이후에 구역이 발전할 수 있도록 시스템에 변화를 줬는데, 여전히 그 정도인가요?"

"변화는 위에서 명령만 내린다고 되는 것이 아니니까요. 끊임없는 실행과 관리가 필요합니다. 혹시… 그 시스템의 변화라는 걸 시행한 이후, 한 번이라도 구역에 가서 정말 잘 작동하고 있는지 확인해보신 적이 있으신가요?"

순간 디아고의 얼굴엔 짧게 당혹감이 스쳤다. 그는 두

가지 면에서 살짝 놀라고 있었는데, 하나는 자신이 저장소에는 몇 번이나 들락거렸으면서, 지금까지 구역에는 얼굴도 보이지 않았다는 것을 이제야 깨달은 것이었고, 그리고 또 다른 한 가지는, 자신의 면전에서 그렇게 말할 수 있는 헤나의 당돌함이었다.

"허허… 어린 나이지만 레볼트의 지도자라서 그런가. 생각이 아주 깊으시네요. 이거 제가 한 방 먹었습니다."

디아고는 너털웃음을 지으며 그렇게 말했지만, 속으로는 헤나에 대해 괘씸함을 느꼈다.

"저를 보자고 한 용건은 무엇일까요, 디아고 권한대행님?"

헤나는 디아고의 웃음에 반응하지 않고 단도직입적으로 물었다. 그러자 디아고는 아르만을 힐끔 보며 신호를 보냈다.

"우리, 잠깐 걸을까요?"

디아고가 그렇게 말하자, 그 순간 아르만이 조용히 입술을 움직이며 주문을 외우기 시작했다.

그러자 주변에 흩뿌려져 있던 하얀 가루들이 타들어가며 연기가 피어 올랐다. 그리고 그 연기를 흡입한 헤나의 의식이 잠시 아득해졌다.

어느새 헤나는 고층 빌딩의 테라스 위를 걷고 있었다. 한동안 디아고 권한대행과 함께 그 위를 산책하고 있었던 것 같은 느낌이었다.

'응? 내가 언제부터 여길 걷고 있었지?'

헤나는 방금 전까지 디아고의 집무실에 있던 자신이 어떻게 여기까지 왔는지 전혀 기억하지 못했다. 하지만 그럼에도 불구하고 어떤 부자연스러움이나 수상쩍음도 느끼지 못했다.

"여긴 제가 자랑하는 하늘정원이란 곳입니다."

함께 걷던 두 사람은 투명한 에너지 방어벽으로 둘러싸인 정원의 입구에 도착했다. 디아고는 홍채를 인식해 출입문을 열고 헤나를 안쪽으로 안내했다. 하늘 정원 안쪽에는 이미 다른 원로들이 거닐고 있었다.

정원 안쪽에는 다양한 과일나무와 텃밭도 함께 자리 잡고 있었다. 구역에서 태어나 자라온 헤나는 상상조차 할 수 없었던 낙원의 모습이었다.

디아고는 나무에서 빨갛게 익은 탐스러운 과일 하나를 따서 헤나에게 권했다.

"사과라는 과일입니다. 옛 지구인들이 즐겨 먹었다고 하더군요."

사과를 손에 들고 나서도, 헤나는 한참 동안 그것을 바라보았다. 윤기 나는 밝은 빨간색이 낯설게 느껴졌다. 사막의 빛바랜 누런색과도 비교할 수 없는 색이었다.

'이런 색이 정말 세상에 존재하고 있었구나……'

헤나는 건네 받은 사과를 조심스럽게 입으로 가져갔다. 한입 베어 물자 달큰한 과즙이 입안을 가득 채웠다.

"어떻습니까? 놀라운 맛이죠?"

그녀는 말없이 고개를 끄덕였다.

"아끼지 말고 다 드세요."

하지만 그녀는 두 번째 입을 베어 물지 못했다. 사과의 베인 한쪽이 마치 자신의 가슴인 것처럼 아려왔기 때문이다. 구역에서 굶주림과 추위, 산소 부족과 싸워야 하는 그녀의 동료들은 이런 단맛을 평생 알지 못하고 죽어갈 것이다.

"이런 맛을 구역 사람들도 다 같이 느낄 수 있다면… 얼마나 좋을까요?"

헤나가 안타까운 표정으로 그렇게 말했지만, 디아고는 그녀의 생각에 공감하지 못했다.

"안타깝지만, 모두에게 풍족하게 돌아가기엔 그 양이 터무니 없이 부족하죠."

"꼭 풍족해야만 하나요?"

"네?"

디아고는 헤나의 질문을 이해하지 못했다.

"부족하면 부족한 대로 모두가 나눌 순 없는 건가요? 모두에게 풍족하게 돌아가지 못한다고 해서, 계급을 나눠 일부만 풍족하게 즐기는 세상이 옳은 걸까요?"

"모두가 행복할 수 없으니 모두가 불행해지자는 건가요? 허허… 위험한 사상이군요."

헤나의 말에 디아고는 어이가 없다는 듯 코웃음을 쳤다. 그의 머릿속에는 레볼트 역시 사회 전복을 꾀하는 철없는 집단일 뿐이었다.

"구역민들의 생활이 비참한 거, 지도자로서 저도 충분히 마음 아프게 생각하고 있습니다. 하지만 그렇다고 지금 레볼트의 폭력적인 방식이 옳다고 생각하십니까?"

"그렇게라도 하지 않으면 아무도 구역민들을 신경 쓰지 않을 테니까요!"

"저는 신경 쓰고 있습니다! 제가 펼친 정책들을 보세요!"

"네, 허울만 좋은, 실제로는 각 구역의 영주들이 편법으로 다 피해가는 결점 투성이 정책들이요!"

디아고는 버르장머리 없는 헤나의 말에 점점 더 화가 치밀어 오르고 있었다.

"그럼 당신들이 말하는 혁명이라는 건 뭡니까? 그 혁명 때문에 얼마나 많은 희생자들이 생길지 생각도 안 해봤죠? 구역에서 사람들이 굶어 죽고 있다고요? 그것보다 당신들이 벌이는 일 때문에 총에 맞아 죽는 사람이 더 많아요!"

분노에 찬 디아고는 헤나를 향해 소리를 질렀다.

"당신들 말대로 내일 당장 구역민들에게 권력과 자원을 나눠준다고 칩시다. 오늘까지 죽을 먹던 사람이 갑자기 고깃국을 먹게 되면 배가 부른 게 아니라 탈이 납니다. 그 사람들이 그 자원을 잘 활용할 것 같습니까? 돼지 목에 진주 목걸이가 될 거라고요!"

"말도 안 되는 궤변을……."

"그래서 내가 아리아 같은 철없는 이상주의자와 결별하고 케이에게 권력을 이양받은 겁니다! 평화로운 권력 이양을 통해 단계적인 개혁을 추구하면서 구역민들의 생활을 조금씩 개선해 나가는 게 최선이라는 게 내 철학이고요."

"당장 사람이 수도 없이 굶어 죽어가는데 죽을 몇 그릇 더 준다고 문제가 해결되나요? 근본적인 해결책을 마련하기 위해선 이 구조를 뒤집는 수밖에 없어요!"

"어떻게 구조를 뒤집는데요? 겨우 한 줌의 레볼트 군대와 지구인들이 버리고 간 구식 무기로? 최첨단 나노 테크놀로지로 무장한 AI군대에 맞서서? 허! 그 레볼트라는 게 얼마나 오래가나 봅시다!"

두 사람의 언쟁은 점점 더 과열되고 있었고, 간극은 좁혀질 기미가 보이지 않았다. 헤나는 이 소모적인 논쟁에 피로감을 느꼈고, 어차피 이 자와 다툰다고 자신이 얻을 수 있는 것은 아무것도 없다는 사실도 함께 깨달았다.

"됐습니다. 이 대화는 더이상 이어갈 필요가 없을 것 같군요. 저를 여기에 부른 목적이나 말씀해주세요."

그 말을 들은 디아고 권한대행은 말없이 뒤를 돌아 정원에 있는 다른 원로들을 한 명씩 바라보았다. 그중에 한 원로가 디아고에게 다가와 조용히 속삭였다.

"아리아가 이곳에 오는 중이랍니다."

귓속말을 들은 디아고는 다시 등을 돌려 헤나를 마주 보았다.

"네. 이렇게 정책 토론이나 하자고 헤나 님을 이곳에 부른 건 아닙니다. 제가 헤나 님을 부른 건……."

"……?"

"이곳에서 우리의 운명을 결정짓기 위해서죠."

"무슨 말씀이신지……?"

헤나는 주변의 공기가 이상하게 변해가고 있는 것을 느꼈다. 깜짝 놀라 주위를 둘러보니 어느새 정원에 있던 원로들이 하나둘, 일그러진 얼굴을 한 괴물로 변해가고 있었다.

"디아고 님, 지금 어떤 일이……."

당황한 헤나가 디아고를 돌아보았다. 그런데 디아고 역시 이미 다른 원로들과 마찬가지로 괴물의 얼굴을 하고 있었다.

"……!"

괴물로 변한 디아고는 헤나를 공격했다. 헤나는 반사적으로 피한 뒤 블랙 다이아몬드가 박힌 건틀릿의 힘을 이용해 공중에 떠올랐다. 정원에 있던 다른 모든 원로들도 괴물로 변해 그녀를 향해 달려들고 있었다.

헤나는 공중에서 상황을 지켜보며 건틀릿을 이용해 괴물들의 움직임을 방해했다. 하지만 괴물들은 염력에 대한 저항력을 어느 정도 갖고 있는 모양인지 그녀의 생각만큼 움직임이 둔해지지는 않았다.

"인간 주제에 제법인걸?"

괴물로 변한 원로 하나가 그렇게 말했다.

"하지만 우리한텐 못 당해!"

다른 원로가 헤나에게 공격을 시도하며 소리쳤다. 그들의 말대로 여러 명의 괴물들이 합쳐진 공격력은 상당했다. 하지만 헤나 역시 1년 동안 수련하며 나름 다이아몬드 건틀릿의 능력을 충분히 발휘할 수 있게 되었다. 그녀의 가슴에 박힌 크리스틸 원석의 에너지가 타오르며 그녀의 정신력과 체력도 보강해주었다.

"생각보다 만만치 않군……."

헤나의 염력에 번번히 저지당하자, 디아고와 다른 원로들의 얼굴에 당황한 기색이 스쳤다.

"시간이 없어! 아리아가 도착하기 전에 어서……."

의외의 난관에 부딪친 괴물들은 점점 서두르기 시작했다. 그렇게 괴물들이 당황한 틈을 타 헤나는 이곳을 빠져나갈 출구를 찾고 있었다.

그녀가 있는 곳은 사방이 유리벽으로 막혀 있긴 했지만 천장은 뻥 뚫려 있는 정원이었다. 그렇기 때문에 어느 방향이든 날아가면 문제없이 지금 이 상황을 벗어날 수 있을 거라 생각했는데, 그게 말처럼 쉽진 않았다. 어느 방향으로 날아가든 미로에 갇힌 것처럼 항상 같은 곳으로 돌아왔다.

그녀는 자신이 벗어날 수 없는 이상한 공간에 갇혀 있음을 알았다.

"애쓰지 마. 어차피 넌 여기서 벗어날 수 없으니까."

디아고가 헤나를 향해 차갑게 말했다.

"나한테 무슨 짓을 한 거야!"

헤나는 절규했지만 그에 대한 응답은 전혀 다른 방식으로 돌아왔다. 디아고가 그녀를 향해 몸에서 검은 피를 뿜어내기 시작한 것이다.

혜나는 이리저리 피해 다녔지만 결국 검은 피 한 방울이 그녀의 몸에 닿았다. 그리고 그 한 방울은 그녀의 살 속으로 파고들더니 혈관을 타고 온몸으로 퍼져나가기 시작했다.

"아악!"

바늘로 찔리는 것 같은 고통이 그녀의 온몸을 파고들었다. 그녀의 몸속 세포를 먹어 치우기 시작한 검은 피는 얼마 후, 얼굴을 제외한 혜나의 온몸을 잠식해버렸다.

"안 돼……."

혜나는 괴로워하며 외마디 신음을 토해냈다.

3.
옐로 다이아몬드

어느새 아리아는 센트럴타워 바로 앞에 도착해 있었다. 리무진에서 내리기 전 그녀는 페이스페이커로 본인의 얼굴을 중년의 여성의 얼굴로 바꿨다. 말룬다는 아리아가 내려서 센트럴타워 안으로 들어가는 것까지 확인하고는 리무진을 타고 그곳을 황급히 떠났다. 아리아가 혼자 들어가기를 원하기도 했지만, 손목에 찬 홀로그램 통신기에 뜻밖의 구조 신호가 들어와 있기 때문이기도 했다.

'태양이 왜? 예리엘 님의 은신처에 함께 있을 텐데?'

각자의 목적을 위해 뿔뿔이 흩어지기 전, 레볼트의 주요 인물들은 모두 큐가 개발한 칩을 목 뒤에 이식했다. 신경세포가 위험을 감지하면 그 강도를 인식해서 동료들에게 위험을 경고하고, 본인의 위치까지 전송해주는 칩이었다.

'그런데 이게 지금 작동했다는 말이지…….'

말룬다는 리무진의 목적지를 조정했다. 보내온 신호가 가리키는 곳은 다름 아닌 하만의 클럽이었다.

하만의 클럽에 도착한 말룬다는 그곳에서 태양은 물론 큐와 의식을 잃은 예리엘, 다른 레볼트 대원들도 만날 수 있었다.

"역시! 내가 설계한 장치가 기가 막히게 작동했군요!"

말룬다의 얼굴을 보자마자 큐가 반가운 표정으로 외쳤다.

"무슨 일이 벌어진 겁니까?"

하지만 말룬다는 큐의 장치가 작동했다는 사실보다 이들이 왜 여기에 있는지가 더 궁금했다.

"은신처에 갑자기 우주선 한 대가 나타나더니, 우릴 공격했어."

태양이 말룬다의 질문에 대답해주었다.

"습격? 누가?"

"누군지는 모르겠고, 가슴에 옐로 다이아몬드가 박혀 있었어요."

이번 질문에는 큐가 대답했다.

"옐로 다이아몬드라고?"

"네. 엄청난 능력이었어요. 땅과 물을 들었다 놨다…….."

큐의 말을 듣는 말룬다의 표정이 점점 더 심각하게 변했다. 큐는 과학자이고, 조금 서두르는 면이 있긴 하지만 과장을 하거나 말을 보태는 성격은 아니었다. 큐가 저렇게 말할 정도면 확실히 강력한 힘을 가진 자가 나타난 것이 분명했다.

"그래서 할 수 없이 모두가 순간이동을 해야 했어. 눈을 떠보니 센트럴시티에 와 있더군. 일단 은신처를 찾아야 해서 이곳으로 모인 거고."

태양이 큐를 대신해 말을 마무리 했다.

"나머지 인원은요? 키우던 짐승들은 어디에 있고요?"

"글쎄. 아마 워낙 많은 인원이 이동하다 보니 목적지가 나눠진 게 아닐까 싶은데……."

말을 멈춘 태양은 눈짓으로 정신을 잃고 쓰러진 예리엘을 가리켰다.

"한 번에 너무 많은 에너지를 썼군요. 당분간은 깨어나지 못할 수도……."

"재밌는 거 보여줄까?"

태양은 예리엘의 얼굴에 따귀를 세게 날렸다.

"봐봐. 완전히 방전된 건지, 이렇게 해도 일어나지 않는다고."

하지만 태양의 장난에도 말룬다는 웃지 않았다. 말룬다

의 머릿속은 갑자기 나타난 강력한 침입자에 대한 걱정으로 가득 차 있었다.

"그 옐로 다이아몬드를 쓰는 사람… 그에 대한 정보를 얻을 수 있으면 좋을 것 같은데…….."

"그의 이름은 헤르켄이다."

갑자기 나타난 하만이 말룬다에게 말했다.

"헤르켄?"

"우리의 고객 중 하나였어. 지금은 아일랜드의 책임자 자리로 간 것으로 알고 있는데…….."

"그런 그가 왜 갑자기 나타나서 예리엘을 공격합니까?"

말룬다가 하만을 바라보며 물었다.

"소문으로는 누나의 복수를 계획하고 있는 중이라고 하더군."

하만의 말에 말룬다는 의아한 표정을 지었다.

"누나가 누군데요?"

"헤르켄은 도로시의 이란성 쌍둥이 동생이다."

자신들을 공격한 인물의 뜻밖의 정체를 알게 된 태양은 깜짝 놀랄 수밖에 없었다.

"그 헤르켄이라는 자… 얼마나 강한 거지?"

말룬다가 하만에게 물었다.

"모르겠어. 엉뚱한 면이 많아서 힘을 제대로 사용하는

걸 본 적이 없으니까. 하지만⋯⋯."

하만은 잠시 말을 끊었다가 이어서 말했다.

"진지하게 맞선다면 죽음을 각오해야 하는 상대라는 건 분명해."

그 말을 들은 사람들의 표정이 급격히 어두워졌다.

"뭐야, 다들 왜 이래?"

"벤!"

헤르켄에 대한 이야기가 나온 이후로 한동안 어두웠던 분위기가, 벤이 나타나면서 반전되었다. 큐는 벤을 보자마자 반가워 달려갔고, 그 뒤로 스카이, 울프, 렌쳉까지 모습을 나타냈다.

"아니, 여기가 무슨 만남의 광장이야? 왜 다들 여기서 모이는 건데?"

갑자기 나타난 일행들을 보며 하만이 투덜대자, 벤이 하만을 번쩍 들며 말했다.

"하만, 너 여기서 힘 좀 쓴다고 예전에 진 빚을 잊은 거야? 응?"

고아로 자란 벤과 하만은 예전에 악명높은 브로커 밑에서 일하며 함께 성장했다. 두 사람은 성인이 되면서 각각 자신의 영역을 가지게 되었고, 둘 사이에서 종종 분쟁도 있었지만, 벤이 카이로를 만나 레볼트에 합류하게 되면서 본인의 영역을 모두 하만에게 넘겨주게 되었다.

한마디로 하만이 최하층에서 절대적인 영향력을 가지게 된 것에는 벤의 양보가 결정적인 역할을 했다.

"알았으니까 이거 좀 놓으라고!"

"우리가 갈 데가 없어. 그러니까 당분간 여기를 아지트로 쓸 테니까 그렇게 알아."

하만을 다시 내려놓으며 벤이 말했다.

"그래, 그럼 사용료는 5백만 코인 정도로……."

"하만, 너 공중에 또 한번 떠 있고 싶구나?"

벤이 다시 한번 하만을 들어 올리는 시늉을 하자 하만은 펄쩍 뛰며 뒤로 물러났다.

"알았어! 알았다고!"

그렇게 벤과 하만이 티격태격하는 중에, 스카이가 갑자기 심각한 표정으로 끼어들었다.

"잠깐, 지금 이러고 있을 때가 아닌 것 같은데. 헤나 님의 뇌파가 느껴졌는데, 심상치가 않아."

그 말을 들은 큐가 주머니에서 장비를 하나 꺼내어 뭔가를 확인했다. 스카이의 말대로 헤나의 뇌파가 이상한 움직임을 보이고 있었다.

"정말 그렇네요. 처음 보는 패턴이에요."

말룬다는 렌쳉을 돌아보며 물었다.

"헤나 님은 지금… 어디에 계시죠?"

"지금 디아고 권한대행을 만나러 가셨습니다만……."

"네?"

의외의 이름이 튀어나와 모두가 깜짝 놀랐다. 그리고 각자의 머릿속에 떠오른 좋지 않은 예감으로 주변의 공기가 급격히 싸늘해졌다.

크루거는 여전히 키아라를 지켜보고 있었다. 아리아가 마련해준 비밀 장소에서 척추를 다쳤던 제타는 치료를 받았고, 이제 건강을 거의 회복한 상태였다. 하지만 키아라는 여전히 생명유지장치에 의존한 채 무의식 상태였다.

잠시도 키아라 옆을 떠나지 않는 크루거가 안쓰러워 보였는지, 제타가 다가와 키아라의 머리에 손을 얹어서 그녀의 머릿속을 읽어보았다.

"좀 어때?"

"의식이 느껴져. 하루하루 회복되어 가고 있는 게 느껴진다고. 걱정하지 마."

"걱정 안 해."

크루거는 키아라를 바라보며 그녀의 손을 잡았다.

"깨어날 거라는 건 당연히 믿고 있어. 다만 조금 더 빨랐으면 하고 바랄 뿐이야."

제타는 말없이 크루거를 바라보았다. 그는 절대로 키아라를 포기하지 않을 거라는 걸, 제타도 잘 알고 있었다.

그때 문이 열리며 아리아의 부하가 소식을 전하러 들어왔다.

"말룬다 님으로부터 긴급 호출이 들어왔습니다."

"무슨 일인데?"

"정확한 용건은 알 수 없지만 케이스 A에 해당하는 일이라고 하셨습니다."

케이스 A는 중대한 위기를 뜻하는 레볼트 간의 은어였다. 크루거와 제타는 고개를 끄덕였다.

"알았어, 당장 준비하지."

대답하고 크루거는 키아라 쪽으로 다가갔다.

"잠깐 어디를 가봐야 할 것 같은데… 돌아올 땐 깨어나서 인사를 해주면 좋을 것 같아."

그리고 떠나기 전 작별인사를 속삭이는 것도 잊지 않았다.

*

"디아고 권한대행님을 만나러 왔습니다."

페이스페이커를 착용하고 디아고의 집무실에 도착한 아리아는 비서에게 용건을 밝혔다.

"어서 오십시오, 타이엔 원로님."

아리아는 페이스페이커로 타이엔 원로의 얼굴로 위장하고 있었다.

"혹시 오늘 약속된 게 있으실까요?"

"아니. 그냥 찾아온 건데… 지금 만날 수 없나요?"

디아고의 비서는 고개를 숙이고 자료를 보면서 대답했다.

"네. 일단 선약이 있으셔서요. 그리고 한 가지, 확인할 부분이 있는데…….."

비서는 책상에 설치된 키보드를 계속 두들기며 말했다.

"타이엔 원로님은 지금 하늘정원에 계신데, 당신은 누구죠?"

말이 끝나기가 무섭게 기동대 두 대가 아리아의 앞을 막아섰다. 아리아는 망설이지 않고 빛의 검을 꺼내 기동대 로봇 두 대를 고철로 만들었다.

"빛의 기사! 정말 아리아가 왔군!"

그녀의 정체를 파악한 비서는 변신하려 했지만 아리아가 빛 에너지로 공격하려 하자, 빠르게 벽을 타고 천정으로 도주했다.

"왜 이리 소란이지?"

밖에서 들리는 요란한 소리에 대기실에서 기다리던 타케시가 집무실로 나왔다.

"당신은 누구?"

둘 다 페이스페이커를 착용하고 있었기 때문에 둘은 서로를 알아보지 못했다. 하지만 천장 위에서 내려온 괴물이 타케시를 공격하려고 하는 것을 보고, 아리아는 상대방에게 위험을 알려주었다.

타케시는 블루 다이아몬드의 힘이 실린 크리스털 에너지 도끼를 사용해 덤비는 괴물의 목을 잘랐다.

"타케시……?"

크리스털 에너지 도끼를 본 아리아는 그제야 그가 누구인지 알아차렸다. 그녀는 페이스페이커를 해제했다.

"나예요. 아리아!"

"오, 아리아, 여기는 어쩐 일로?"

타케시도 페이스페이커를 끄고 본래의 얼굴로 돌아왔다.

쿵.

그때 건물 환풍기에서 둔탁하고 기분 나쁜 소리가 울렸다. 거칠고 무거운 뭔가가 떨어지는 그 소리는 점차 액체가 부글거리며 움직이는 소리로 바뀌었다.

잠시 후, 환풍기가 박살 나며 천장 위에서 엄청난 양의 검은색 액체가 쏟아져 내렸다.

"조심해요!"

타케시가 소리쳤다.

바닥에 쏟아진 검은색 액체는 점액처럼 뭉쳐서 움직이더니, 하나씩 모양을 갖춰가기 시작했다. 페르다인 중에 변이를 일으킨 자들과 같은 괴물의 형상이었다. 타케시는 나노 아머의 에너지를 모아, 검은 액체가 괴물로 변하기 전 레이저 공격을 시도했다. 공격을 당한 검은 액체는 사방으로 퍼져 나갔다.

검은색 액체는 곧 괴물로 변했고 또다른 괴물들도 합류하여 두 사람을 공격했다. 하지만 수련을 통해 한층 더 강해진 아리아의 빛의 검이 그들을 빠르게 베어버렸다. 타케시 역시 블루 다이아몬드의 힘을 이용해 에너지 실드를 전개했다. 몇몇 괴물들은 실드를 중화시켜 뚫고 들어왔지만, 이번에는 타케시의 에너지 도끼가 준비되어 있었다.

타케시는 괴물의 팔과 다리, 머리까지 절단하여 조각내고 그들의 움직임을 무력화시켰다. 이렇게 시간을 벌어놓으면 아리아가 달려와 빛의 에너지로 괴물들을 소멸시켰다. 마침내 마지막 괴물까지 해치우고 난 뒤, 아리아는 궁금해하던 질문을 던졌다.

"왜 여기 와 있는 거죠? 헤나 님은요?"

"디아고 권한대행이 헤나 님을 만나자고 해서 여기에 왔어요. 저는 경호를 맡았고요."

"경호를 맡았다면서 왜 같이 있지 않는 거죠?"

"저는 여기서 대기하고 둘만 이야기하자고 했어요."

아리아는 좋지 않은 예감을 느꼈다.

"뭔가 이상해요! 안으로 들어가야겠어요!"

그녀는 달려가 집무실 문을 당겼다. 그러나 집무실 문은 안쪽에서 단단히 잠겨 있었다.

"그거 좀 꺼내봐요!"

"뭘요?"

"도끼요!"

결국 타케시는 나노 아머에서 에너지 도끼를 꺼내 문을 부수고 집무실로 들어갔다. 그리고 두 사람은 그곳에서 놀라운 광경을 목격했다.

집무실 안에는 헤나가 눈을 감고 고개를 숙인 채 잠을 자는 것처럼 앉아 있었다. 디아고도 헤나 앞에 마주 앉아 같은 자세로 눈을 감은 상태였다. 그리고 그런 두 사람을 돔 형태의 투명한 에너지가 둘러싸고 있었다.

타케시는 두 사람이 어떤 상태에 있는지 확인하기 위해 다가가 돔 형태의 에너지 막을 건드리려고 했다. 하지만 아리아의 날카로운 목소리가 그런 그를 가로막았다.

"만지지 마요!"

아리아는 바닥에 뿌려져 있는 하얀 가루를 가리켰다.

"어머니의 일기에서 본 적이 있어요. 이건 고대 마법에 사용되는 가루예요. 무의식의 주술이라고도 하죠."

"무의식의 주술?"

이름부터 기분 나쁜 마법이었다.

"어떤 상대를 본인의 정신세계로 불러들여 대결하는 거예요. 이기면 상대를 강제로 지배할 수 있어요."

"대결에서 지는 상대는요?"

"지배당한 이는 자아를 찾지 못하고 주인을 위해 헌신만 하다가 죽게 된다고 하더군요."

"네?"

깜짝 놀란 타케시는 다시 에너지 도끼를 꺼냈다.

"그러면 당장 이 주술을 깨버려야 하는 거 아닙니까?"

"그런 물리적인 방식으로는 깰 수 없어요."

아리아가 두 손을 저으며 타케시의 행동을 말렸다.

"그러면 오히려 주술사가 파놓은 함정에 걸리게 돼요. 그것보다……."

그녀는 고개를 돌려 주변을 살펴보았다.

"분명히 근처에 주술을 건 주술사가 있을 거예요. 그 자만이 이 주술을 풀 수 있……."

말하던 아리아의 몸이 갑자기 공중으로 떠올랐다. 옆에 있던 타케시 역시 마찬가지였다. 어느 틈엔가 헤나의 건틀릿을 양손에 낀 아르만이 옆에 나타나 있었던 것이다.

"초대한 적 없는 손님들이 오셨군요."

타케시는 건틀릿을 낀 아르만의 염력에 붙들려 공중에서 허우적대고 있었다. 하지만 아리아는 그러는 와중에도 중심을 잡아 빛의 에너지를 소환해, 빔 형태로 만들어 아르만을 공격했다. 그 공격에 아르만의 팔 한쪽이 허공으로 사라졌다.

"역시 빛의 기사야. 듣던 대로군."

아르만이 그녀의 힘에 감탄했다. 그가 한 팔을 잃는 바람에 건틀릿 한쪽이 바닥에 떨어졌고, 그래서 아리아는 염력의 통제에서 벗어날 수 있었다. 아리아는 본격적으로 빛의 검을 소환해 아르만을 향해 달려들었다.

하지만 아르만도 그냥 당하고 있진 않았다. 아르만은 빠르게 움직이며 그녀의 공격을 피했고, 순식간에 재생된 한쪽 팔로 녹색 가루를 꺼내 아리아에게 뿌린 뒤 빠르게 주문을 외웠다.

"아악…!"

아리아의 피부에 붙은 녹색 가루가 그녀의 혈관 속으로 파고들었다. 그리고 혈액에 섞여 온몸으로 퍼져가며 아리아를 고통스럽게 했다.

"아리아!"

타케시가 그녀를 도우려고 했지만 여전히 그는 건틀릿

의 염력에 붙들려 있었다.

"대단한 물건이야! 다이아몬드를 몸에 이식하지 않고도 능력을 사용할 수 있다니! 어떻게 이런 걸 만들었지?"

큐가 들었더라면 어깨가 으쓱해질 정도의 칭찬이었다.

"너는 도대체 어떻게 주술을 쓸 수 있는 거지?"

그냥 평범한 구역의 영주인 줄 알았던 아르만의 정체가 궁금해진 타케시가 물었다.

"우린 대대로 내려오는 주술사 가문이거든. 나도 고대 마법을 전수 받았지."

역시 평범한 영주가 아니었다. 뭔가 속셈이 있을 거라는 짐작이 맞았던 것이다.

"처음부터 손을 잡을 생각도 없었던 거지?"

"아예 없었던 건 아니었지만, 솔직히… 레볼트랑 손을 잡는 게 나한테 무슨 이득이 있지? 너희들이 내미는 싸구러 명분? 니에겐 손에 잡히는 실리가 필요해!"

구역의 영주와 혁명을 꿈꾸는 집단… 처음부터 물과 기름처럼 섞일 수 없는 사이였다. 그와 협상이 가능하다고 여겼던 것부터 뭔가 주술에 걸린 게 아닐까 의심이 들 정도였다.

"헤나 님은 어떻게 할 생각이냐?"

"어쩌긴. 디아고 님께서 그녀의 정신을 지배하게 될 거고, 그러면 레볼트도 당연히……."

카이로가 떠나버린 지금, 헤나의 존재는 레볼트를 버틸 수 있게 하는 커다란 기둥이었다. 그런 헤나의 정신이 무너지고 지배당한다면?

"하지만 너는 그 미래를 볼 수 없어서 유감이군."

아리아가 녹색 가루의 주술 때문에 괴로워하고 있는 사이, 여유로워진 아르만은 건틀릿의 힘을 충분히 활용해 주위의 날카로운 물건들을 움직이기 시작했다. 그리고 꼼짝 못하는 아리아와 타케시를 겨냥했다.

그때 갑자기 타워의 지붕에서 커다란 충돌이 일어났다.

4.
무의식의 주술

투명실드를 작동시킨 A(RIA)-Ⅱ 전함이 타워의 지붕을 박살내며 등장했다. 그리고 해치가 열리자 크루거의 모습이 제일 먼저 나타났다.

"뭐야, 저건!"

갑작스런 침입자의 등장에 당황한 아르만은 염력으로 모은 조각들을 크루거에게 날렸다. 하지만 날아가던 날붙이들은 크루거에게 닿지 못하고 허공에 멈춰 섰다. 아르만은 건틀릿을 움직여보려 했지만, 그의 몸도 마음대로 움직이지 않았다.

"이런……?"

크루거 뒤에서 제타가 두 팔을 뻗은 채 등장했다. 아르만은 그제야 자신이 제타의 염력 통제를 받고 있다는 걸 깨달았다. 에너지를 충분히 충전한 크루거의 나노 아머에서 강력한 레이저가 아르만을 향해 발사되었다. 둔탁한 폭발음과 함께 아르만의 몸은 산산조각 나며 주변은 검은 피로 얼룩졌다.

헤나의 건틀릿도 주인을 잃고 바닥에 떨어졌다. 아르만의 염력이 공중에 붙잡고 있던 타케시도 땅으로 추락했다. 하지만 그가 다치지 않게 중간에 제타가 힘을 발휘해 주었다.

"아리아 님!"

말룬다는 독에 중독된 아리아에게 달려갔다. 독과 싸우느라 흐려진 아리아의 시선에 전함에서 내리는 그리운 얼굴들이 들어왔다. 크루거, 제타, 스카이, 그리고 벤까지.

다른 한쪽에선 크루거가 오랜만에 만나는 옛 친구와 인사를 나누고 있었다.

"1년 만인가?"

"그래… 어떻게 지냈어? 저장소는?"

"아직 못 찾았어. 생각처럼 쉽지 않더군."

크루거는 담담하게 말했다.

"키아라는?"

모인 얼굴들 중에 키아라가 보이지 않는 것을 발견하고 타케시가 물었다.

"부상을 좀 입었어. 치료 중인데… 곧 일어날 거야."

키아라 이야기를 하자 크루거의 표정이 잠시 어두워졌다. 두 사람 사이에 잠시 침묵이 흐를 무렵, 사방에 흩어진 아르만의 검은 피가 한곳으로 모이며 재생되려 하고 있었다.

모여든 검은 피는 흐물거리며 아르만의 얼굴 모양을 갖춰가고 있었다. 그중에서 가장 먼저 완성된 것은 다름 아닌 아르만의 '입'이었다.

"내가 이런 하찮은 것들에게 당하다니……."

'입만 살은' 아르만이 그렇게 말하자, 타케시가 블루 다이아몬드의 에너지를 응축한 레이저로 다시 그를 산산조각 냈다.

"원한다면 몇 번이고 반복해주지."

타케시의 빈정거림에도 아르만은 포기하지 않았다. 흩어진 검은 피는 다시 모여들었고, 제타의 염력 때문에 재생도 한참 걸렸지만, 그는 조금씩 조금씩 꾸준한 노력으로 다시 얼굴을 만들었다.

"한 번 더 날려볼까?"

이번엔 크루거가 레이저를 겨냥하자 당황한 아르만이 급하게 소리쳤다.

"잠깐만! 원하는 걸 먼저 얘기해봐! 협상을 해보자고!"

"사기꾼 주제에 잘도 협상이라는 얘길 꺼내는군."

타케시는 계속 적대적으로 아르만을 대했지만, 옆에 있던 벤이 조금 더 현실적인 선택을 했다.

"아리아 님이 저렇게 괴로운 것도 네 짓인가? 되돌릴 수 있나?"

"제대로 하지 않으면 또 한번 지루한 재생 과정을 거쳐야 할 거야."

여전히 레이저로 아르만을 겨냥한 크루거가 말했다.

그 말을 듣자마자, 재생된 아르만의 입이 주문을 외기 시작했다. 그러자 아리아의 몸을 지배하던 녹색의 독이 코로 빠져나와 공중으로 흩어졌다.

"아리아 님!"

아리아가 눈을 뜨자 말룬다가 반가운 표정으로 그녀의 이름을 불렀다. 아리아는 번쩍 일어나 아르만에게 달려갔다. 그리고 빛의 검을 아르만에게 겨눴다.

"힘들게 재생할 필요 없어. 지금 널 소멸시켜 줄테니까."

"자… 잠깐! 살려줘!"

아르만이, 아니 아르만의 입이 다급한 목소리로 말했다.

"저들에게 건 주술을 풀어. 그러면 생각해보겠다."

아리아가 턱끝으로 헤나와 디아고 쪽을 가리키며 말했다.

"그건 좀 곤란한데."

"그렇다면 소멸하는 수밖에."

아리아는 최후의 일격을 위해 빛의 검을 하늘 위로 높이 쳐들었다.

"아니, 하기 싫은 게 아니라! 무의식의 주술은 원래 풀 수 없어! 돌아가신 우리 할아버지가 와도 안 된다고!"

"뭐?"

아리아는 예상치 못한 대답에 당황했다.

"대결에서 어느 하나가 이겨야만 해. 그걸 기다리는 방법밖에 없어."

아르만은 자신이 할 수 있는 건 없다는 듯, 방금 전 생겨난 짧은 팔을 들어 보였다.

"이 자식은 아무 쓸모가 없잖아! 그냥 죽여버리자!"

잔뜩 짜증 난 표정으로 벤이 외쳤다.

"아니, 잠깐! 근데 방법이 있긴 있어."

아르만은 이번엔 손바닥을 저으며 말했다.

"아까는 방법이 없다며?"

타케시가 냉정하게 말했다.

"아니, 그러니까… 내가 직접 해본 건 아닌데 책에는 뭐라고 적혀 있긴 하더라고."

"뭐라고 적혀 있는데?"

"무의식의 주술을 풀려면……."

"풀려면?"

"근데 나 정말 살려주는 거지?"

아르만이 되묻자 크루거가 레이저를 다시 겨냥했다.

"알았어! 말해줄게! 제3자가 함께 저 안에 들어가 둘의 대결을 막아야 한다고 되어 있어. 그러니까 정신력이 강한 사람이어야 하는데 그게 도대체 누가…….."

"내가 갈게."

아리아가 아르만의 말을 끊었다.

"괜찮겠나? 이미 헤나도 위험한 상태인데, 너까지 거기 갇혀버리게 되면……."

크루거가 걱정스런 표정으로 물었다.

"이 중에서 정신세계라는 거… 한 번이라도 경험해본 사람 있어?"

아리아가 물었다. 아무도 고개를 끄덕이지 못했다.

"나는 몇 년동안 정신의 방에서 수련하며 그 세계를 경험했어. 아무래도 그쪽에 익숙한 사람이 가는 게 더 승산이 높겠지. 이의 있나?"

모두가 아리아의 말에 침묵으로 동의했다.

"실패하면 어떻게 되지?"

스카이가 아르만을 향해 물었다. 아르만의 몸은 어느새 형체를 갖춰가고 있었다.

"똑같아. 대결에서 승리한 자의 노예가 된다."

아리아는 예상했다는 듯 눈꺼풀 하나 움직이지 않았다.

"상관없어. 성공하면 되는 거잖아."

아리아는 뚜벅뚜벅 돔 실드 쪽으로 다가갔다. 그리고 돔에 손을 대는 순간, 그녀 역시 그 안으로 빨려 들어가 헤나와 디아고와 같은 자세로 앉아 있었다.

"자, 그럼 대결이 끝날 때까지 모두 편히 쉬라고… 나는 급한 일이 있어서…….."

어느새 90% 이상 재생된 아르만이 손까지 흔들며 슬그머니 도망가려 했다. 하지만 그 순간, 그는 크루거의 레이저에 다시 한 번 산산조각이 나고 말았다.

"뭐야! 말하면 풀어준다며!"

"그럴 생각이 아예 없었던 건 아니었지만, 솔직히… 너를 놓아주는 게 무슨 의미가 있지?"

타케시는 아르만의 말투를 흉내내어 말했다.

"그래서 더 의미 있는 놀이를 하려고."

타케시와 크루거가 눈빛을 교환했다.

"우리가 한 번씩 번갈아 가면서 이 짓을 하는 거지. 아리아와 헤나 님이 돌아올 때까지…….."

"난 요구 다 들어줬는데 이게 무슨 짓이야! 그만 둬. 어차피 두세 번만 반복하면 재미도 없고 지루할 거니까…….."

아르만의 말이 끝나기도 전에 타케시가 다시 한번 레이

저를 쏘았다.

"그렇지 않아. 매 순간 재밌어. 할 때마다 기분이 새로워."

*

아리아는 검은 태풍이 몰아치는 정신세계 안을 걷고 있었다. 그녀는 빛 에너지를 꺼내 주변을 밝혔다. 괴물이 울부짖는 소리가 바람을 타고 그녀의 귓가를 스쳤다.

그녀의 뒤로 조심스럽게 뭔가 다가오는 것이 느껴졌다. 잽싸게 뒤를 돌아보자, 기척을 죽인 채 접근하던 괴물들이 매섭게 달려들었다. 아리아는 강력한 빛의 에너지를 발사하며 단칼에 괴물들을 소멸시켰다.

"빛의 기사가 왔다!"

공격당한 괴물들 중 살아남은 일부는 비명을 지르며 어둠 속으로 사라졌다. 아리아의 위력을 본 다른 괴물들도 공격할 기회를 엿보다가 빈틈이 보이면 달려들었다.

괴물들이 달려들면 빛의 에너지로 공격하고, 공격당한 괴물들은 어둠에 숨어 기회를 노리는 과정이 반복되었다. 아리아는 서서히 지쳐갔다.

"디아고! 나와! 이렇게 어둠 속에 숨어 있으려고 권한 대행까지 된 게 아니잖아! 권력을 가졌으면 당당하게 맞서라고!"

그녀의 도발이 효과를 발휘한 것일까. 괴물들 사이에 숨어 있던 디아고가 모습을 드러냈다.

"드디어 얼굴을 뵙네요. 권력의 단맛에 미쳐 약속도 잊어버리신 디아고 권한대행님."

"권한대행이란 직함도 이젠 떼어버렸으면 좋겠군. 케이가 떠나버린 지금, 내가 바로 진정한 통치자 아니겠나?"

정신세계 안에서 디아고는 애써 숨겨왔던 권력욕을 그대로 드러냈다.

"좋아요. 진정한 통치자 님. 저장소의 위치도 잘 알고 계시겠군요?"

"저장소?"

그 질문을 들은 디아고의 얼굴에서 갑자기 검게 변한 혈관들이 불거지기 시작했다.

"케이는 약속을 지켰다. 그는 우리에게 불멸을 주었어… 우리의 미래를……."

부풀어 오른 검은 혈관은 이내 피부를 뚫고 나와 터져버렸다. 디아고의 얼굴은 검은색의 혈액으로 뒤덮였다. 팔과 다리에서도 같은 증상이 시작되었다.

"아리아, 넌 여기 오면 안 되는 거였어. 이젠 후회해도 소용없다."

정신세계 속 디아고는 자신의 욕망에 잡아먹힌 것 같았
다. 겉을 감싸던 위선이 사라지고, 권력욕과 불멸에 대한
욕망만 남은 그의 영혼은, 정신세계 속에서 꼭 지켜야 하
는 자아마저 지워버리고 말았다.

"죽어라, 아리아!"

디아고가 검은 피를 뿜어내며 아리아를 공격하기 시작
했다. 아리아도 빛의 에너지로 응사했다. 빛의 에너지에 닿
은 검은 피가 사방으로 흩어졌다.

"당신, 제 정신이 아니야!"

아리아는 빛의 검을 꺼내 날아오는 검은 피를 베기 시작
했다. 하지만 그럴수록 검은 피는 여러 갈래로 나뉘어 다
시 그녀에게 돌아왔다. 아무리 방어해도 끝나지 않는 공격
에 아리아는 조금씩 지쳐갔다.

"컥!"

검은 피 한 줄기가 아리아의 목을 조여 왔다. 그녀의 의
식이 점점 더 흐려지고 있었다.

그런데 바로 그때 어디선가 크리스털 에너지가 반짝거
렸다.

"헤나……?"

정신을 잃어가던 아리아가 헤나를 발견했다. 디아고의
공격에서 벗어난 헤나의 가슴에 박힌 크리스털에선 엄청

난 에너지가 발광하고 있었다. 그녀는 크리스털 에너지와 정신세계에 존재하는 건틀릿의 힘을 이용해 디아고의 움직임을 압박했다.

"말도 안 돼……."

디아고의 움직임이 둔해진 틈을 타 겨우 기력을 회복한 아리아가 가용할 수 있는 모든 빛 에너지를 양손에 응축했다. 그리고 한순간에 모든 방향으로 에너지를 발산시켰다.

주변에 가득했던 검은 피들이 한순간에 지워졌다.

"내가 이렇게 당하다니… 그것도 어린 여자애 둘에게……."

디아고의 몸도 검은 피와 함께 소멸되어가고 있었다. 물론 재생도 계속 했지만, 헤나가 건틀릿의 염력을 사용해 그 시간을 늦추고 있어서 소멸되는 속도가 훨씬 빨랐다.

"어서 저장소의 위치를 말해, 디아고!"

하지만 디아고는 말없이 웃음을 지을 뿐이었다.

"소멸되기 전에 말하라고!"

아리아가 디아고의 멱살을 쥐고 흔들며 소리쳤지만 디아고는 한마디도 하지 않았다. 잠시 후 남은 빛의 에너지가 검은 피와 디아고의 육신을 모두 태우고, 어두웠던 정신세계가 물감을 칠한 듯 고요한 흰색의 공간으로 변해갔다. 그 세계의 한 가운데에서 두 명의 여성은 말없이 서로를 바라보았다. 분명 이긴 싸움이었지만, 둘 중 누구도 승리의 기쁨을 느낄 수 없었다.

5.
다시 만난 세계

눈을 뜬 아리아는 자신이 집무실에 누워 있다는 것을 알았다. 헤나 역시 의식을 찾고 일어나 자신을 구하러 온 동료들을 보았다. 모두들 그들이 깨어난 것을 보며 기쁜 표정이었다.

"헤나 님!"

반가운 얼굴로 스카이가 다가와 그녀의 건틀릿을 건넸다.

"고마워요. 근데 어떻게 다들 여길……."

"이야기는 천천히 하고 일단은 여길 벗어나죠."

"괜찮으신 거죠?"

"저장소의 위치를 알아내지 못했어……."

말룬다의 걱정에 아리아는 고개를 숙인 채 아쉬움을 감추지 못했다.

"대체 뭘 위해서 그렇게 저장소를 지키려고 한 거지?"

그녀는 도저히 디아고를 이해할 수 없었다. 그리고 그 순간 이해할 수 없는 일이 하나 더 일어났다.

"난… 죽지 않아… 영생을…….'

갑자기 디아고의 몸이 녹아내리며 엄청난 양의 검은 피로 변하기 시작한 것이다.

"말도 안 돼… 패한 자가 스스로 고대 주술을 깨버리다니…….'

제타와 타케시에게 붙잡혀 있던 아르만도 당황한 기색이 역력했다.

"감춰둔 욕망이 얼마나 컸으면, 저게 현실화되는…….'

검은 피는 바다처럼 쏟아져 사방을 감싸더니 주변을 어둠으로 뒤덮어버렸다. 방 안에 있던 모든 이들은 어느새 싸울 준비를 하고 있었다. 검은 피는 날카로운 화살이 되어 그들을 향해 빗발처럼 쏟아졌다.

건틀릿을 낀 헤나가, 빛의 검을 든 아리아가, 창을 등에 멘 말룬다가, 레이저를 조준한 크루거와 타케시가, 그리고 그 방안에 있는 모두가 온힘을 토해내며 무한대로 증식하는 검은 피를 상대했다. 하지만 그럼에도 불구하고 베이고 찢길수록 더 늘어나는 검은 피를 막아낼 순 없었다.

"재생을 막을 수가 없을 것 같아……."

아리아는 최대한의 에너지를 발산했지만 검은 피가 늘어나는 속도가 더 빨랐다. 검은 피는 이제 가장 질긴 끈이 되어, 사람들을 한 명씩 결박하고 있었다.

바로 그 순간, 텅 비어 있는 줄 알았던 전함에서 또 한 명이 나타났다.

"다행히 늦지 않았군!"

"예리엘 님!"

무리한 순간이동으로 의식을 잃었던 그는 지금까지 계속 잠들어 있었다. 제타의 염력으로 그를 전함에 태우는 건 어렵지 않았지만, 의식을 잃은 그를 움직이게 만들 순 없었던 것이다.

예리엘은 전함에서 내리자마자 거대한 빛 에너지를 발사해 어둠을 지워 나갔다.

"아리아! 이쪽으로 와서 힘을 합쳐!"

"네, 예리엘 님!"

아리아의 빛 에너지와 예리엘의 빛 에너지가 합쳐서 더 큰 힘으로 증폭되기 시작했다. 사방을 감싸고 있던 검은 피들은 연기를 내며 증발했다.

"아… 안 돼……!"

사라지는 검은 피 사이로 낯익은 목소리의 비명이 울려

퍼졌다. 하지만 그 소리는 점점 작아지더니 이내 들리지 않게 되었다.

디아고의 최후, 그리고 레볼트의 승리였다.

"디아고가 사망한 것 같습니다."

집사인 마크가 섀도우에게 보고했다.

"그래? 역시 아리아 님이야. 걱정했는데 정말 잘 해냈어."

섀도우는 미소를 지었다.

"원로님들이 알면 걱정이 많아질 텐데요."

"그분들은 그렇겠지. 뭐, 우리가 신경 쓸 일은 아니니까."

그렇게 말하고, 섀도우는 잔을 들어 샴페인을 한 모금 마셨다. 그의 얼굴 어디에서도 근심은 찾아볼 수 없었다.

"이 모든 게 계획하신 대로인가요?"

"내가 말했지. 나는 그냥 미래를 보는 사람이지 계획하는 사람이 아니라고."

마크의 선을 넘은 질문에 섀도우는 예민하게 반응했다.

"죄송합니다."

"우리가 생각할 건 단 하나야. 저장소의 안전. 아마 디아고는 저장소의 위치를 절대 아리아에게 알려주지 않았겠지."

"그렇다면…….."

"저장소만 계속 유지된다면, 우리는 누가 권력을 잡든 상관없어."

편안하게 의자에 기대 앉은 새도우는 얼굴에 미소를 머금고 있었다.

*

한편 승리한 아리아와 레볼트 일행들에겐 한 가지 사소한 문제가 기다리고 있었다. 바로 아르만의 처리 여부였다.

"이 자는 어떻게 하면 좋을까요?"

타케시의 질문에 아리아가 빛 에너지를 소환하며 말했다.

"당장 죽여야죠. 이 자가 한 일을 생각하면…….."

그러자 아르만은 무릎을 꿇고 비굴하게 목숨을 구걸했다.

"제발 날 살려줘! 제발…….."

하지만 아리아의 귀엔 그 말이 들리지 않았다. 그녀는 뒤도 돌아보지 않고 아르만을 해치우기 위해 달려들었다. 그런데 그때 헤나가 그녀 앞을 막아섰다.

"잠깐만요!"

"뭐죠? 빨리 비키지 않으면 위험해요."

"무조건 죽일 필요는 없잖아요."

"저 자가 당신에게 한 짓을 알잖아요. 그런데도 자비를 베풀고 싶은 마음이 들어요?"

"네, 난 괜찮아요. 이 자는 힘을 좇는 자일 뿐이에요. 이런 자에게 세상에 힘보다 더 중요한 게 있음을 알려줄 필요가 있다고 생각해요."

"그런 걸 알 인간 같으면 애초에 그런 짓도 하지 않았어요. 그리고 주술사를 살려두면 무슨 짓을 할지 몰라요. 위험하다고요!"

아리아는 헤나를 옆으로 밀어내며 아르만에게 빛 에너지를 발사하려 했다. 하지만 헤나가 염력으로 아리아를 움직였고, 빛 에너지는 아르만의 옆을 스치고 빗나갔다.

"지금 뭐 하는 짓이야!"

헤나를 향해 아리아가 소리를 질렀다. 둘 사이에 갑자기 강한 대립의 벽이 만들어졌다.

"그만해!"

더이상 가만히 두면 안 되겠다 싶었는지, 예리엘이 중간에 끼어들었다.

"나도 불필요한 살인은 반대야."

"하지만 살려두면 또다른 위험이 될 수 있어요. 그땐 지금처럼 막을 수 있을지 장담할 수 없다고요."

예리엘이 헤나의 편을 들었음에도 아리아는 쉽게 물러

나려고 하지 않았다.

"그래서… 미래에 위험이 될 수 있으니, 죽여서 없애자는 건가? 아직 위험한 것도 아닌데?"

"……."

"그런 식으로 결정하면 이 중에 무사할 사람이 몇이나 될 것 같아? 나도 너를 배신하면 위험해질 수 있는데, 그럼 나도 죽일 건가?"

아리아는 주변을 둘러보았다. 말룬다와 태양을 제외하면 모두가 헤나의 사람들이었다. 그게 아니라도 예리엘이 헤나의 편을 들고 나선 이상 쉽게 아리아의 손을 들어주기 힘들 것이다.

'외로워.'

이럴 때 해성이 있었더라면 자신의 편을 들어줬을까? 하지만 그 생각 끝에 또다시 헤나의 얼굴이 겹쳐졌다. 아리아는 점점 더 헤나가 마음에 들지 않았다.

"후회하시게 될 거예요."

그녀가 예리엘에게 할 수 있는 마지막 반항은 그 정도였다.

"저 자를 풀어줘요."

아리아가 제타에게 말하자, 제타는 아르만을 구속하고 있던 염력을 풀었다. 아르만은 빠른 속도로 자신의 몸을 되찾았다. 모든 신체를 회복한 아르만은 자리를 떠날 준비를 했다.

"자, 이제 나는 볼일이 끝난 것 같은데… 그만 떠나도 되겠지?"

아르만의 말에 헤나가 고개를 끄덕였다.

"그래, 보아 하니 두 여성분 사이에 갈등이 좀 있는 것 같은데 부디 해결 잘하시고… 우리 사이에 안 좋은 일도 있었지만, 나도 은혜는 갚을 줄 아는 놈이니까 혹시라도 필요하면 내가 한 번 정도는 힘을 빌려줄 수도……."

"쓸데없는 소리 말고 썩 꺼지기나 해!"

집무실을 떠나는 순간까지 끊임없이 떠드는 아르만을 보며 헤나가 짜증난 목소리로 말했다. 그녀의 얼굴에는 이미 불만이 가득했다.

아르만이 나간 뒤 잠시 동안 침묵이 방 안을 가득 채웠다.

"그런데……."

침묵을 깨뜨린 것은 스카이였다.

"권한대행이라는 자가 죽었어. 그럼 이제 이곳은 누가 다스리는 걸까?"

"디아고를 쓰러뜨린 자가 하면 되는 거지! 우리 헤나 님께서!"

갑자기 벤이 신나서 큰소리로 외쳤다.

"지금… 구역에서 태어난 자가 이곳을 다스리겠다고 선언하는 겁니까?"

아리아가 전혀 예상하지 못한 전개라는 듯 크게 반발했다.

"왜요? 구역에서 태어난 사람들도 이 행성의 시민인데요."

그런 아리아의 말에 반응하는 헤나의 목소리에도 나름 가시가 돋혀 있었다.

다시 한번 차가운 침묵의 공기가 사람들을 둘러쌌다.

"아, 물론 벤의 제안은 고맙지만 말도 안 되는 이야기라는 건 나도 알아요. 나한테는 여길 다스릴 만한 능력이 없거든요."

"알고 있으니 다행이네요."

아리아는 여전히 헤나를 쏘아보고 있었다. 둘은 방금 전까지 함께 디아고를 해치운 동료였는데, 지금 그런 모습은 전혀 보이지 않았다.

"대신 선거를 치르도록 하죠."

생전 처음 들어보는 말에 사람들 모두 고개를 갸웃거렸다.

"옛 지구인들은 선거를 통해 지도자를 선정했다고 해요. 모든 사람에게 투표권을 주고, 우리를 이끌어 나갈 사람을 뽑게 하는 거죠."

헤나는 자신이 읽은 자료에서 선거에 대한 부분을 사람들에게 설명해주었다. 하지만 이번에도 아리아가 격렬히 반대했다.

"말도 안 돼요. 권력을 모두가 똑같이 나누다니… 그런 짓은 혼란만 가져올 뿐이라고요."

그 말을 들은 헤나는 아리아를 싸늘하게 바라보았다.

"왜 눈을 그런 식으로 떠요?"

"당신과 똑같은 말을 하는 사람을 본 적이 있거든요."

"……?"

"정신세계에 갇혀 있을 때 디아고 권한대행과 얘기를 나눈 적이 있어요. 그도 같은 소리를 했죠. 다스리는 자와 다스림을 받는 자는 정해져 있다고. 그걸 섞으려 해서는 안 된다고."

"그런 권력에 미친 자와 날 비교하지 마요. 나는 지금 당신을 걱정하는 겁니다. 구역에서 태어나 사막을 떠돌며 자란 당신이 지금 권력을 가진 원로들과 그들에게 빌붙으려는 아르만 같은 능구렁이들을 상대할 수 있을 것 같아요?"

"몰라요. 해봐야 알겠죠. 하지만 난 알아요. 그들이 두려워서 계속 권력을 맡겨두면 세상은 절대 변하지 않는다는걸. 수백 년이 지난 후에도 우리는 특권층을 위해 희생하며 살아야 할 거라는 걸!"

헤나의 마지막 외침은 날카로운 바늘이 되어 방 안에 있는 모두의 마음에 꽂혔다. 아리아도 그 말에는 더이상 반박을 할 수 없었다. 반박할 말이나 논리가 부족한 것이 아니라, 헤나의 진심이 담긴 기세가 그만큼 강했던 것이다.

한편 숨겨진 저장소에는 다른 원로들이 모여 불안에 떨고 있었다.

"디아고가 당했어. 이제 어쩌지? 혹시 아리아가 여길 찾아오는 거 아냐?"

"그보다… 누가 여기를 책임질지, 그것부터 정해야지!"

"지금 이 상황에서 책임자를 정하자니, 그거 빛의 기사가 왔을 때 제일 먼저 앞에 나가 죽을 사람을 뽑는 거잖아!"

자신만만하게 큰소리 치던 디아고가 당하고 난 뒤, 구심점을 잃어버린 원로들은 다들 어찌할 바를 모르고 우왕좌왕하고 있었다.

그때 어둠 속에서 이 모습을 지켜보던 그림자가 하나 있었다.

"다들 그런 걱정은 내려놓으시죠."

갑작스레 들려온 낯선 목소리에 저장소 안에 있던 원로들은 경계심에 가득 찬 얼굴로 그쪽을 돌아보았다. 목소리의 주인공은 시험관 사이를 거닐며 약품으로 가득 찬 주사기를 골라 자신의 목에 꽂았다.

얼굴에 있던 주름이 사라지고 재생이 되지 않던 신체부위들이 모두 제자리를 찾으면서 그의 정체가 드러났다.

"카… 카림? 어떻게 당신이?"

원로들은 죽은 줄 알았던 그의 등장에 깜짝 놀랄 수밖에 없었다.

"다들 제가 죽은 줄 아셨군요."

카림은 자신만만한 표정으로 얼굴 가득 웃음을 머금고 말했다.

"하지만 보시다시피 저는 죽지 않았습니다. 그리고…….."

그는 손으로 이마에 박힌 3개의 다이아몬드를 가리켰다.

"여러분에게 힘이 되어드릴 수 있는 능력도 얻었죠."

원로들은 눈앞의 카림을 보면서도 믿을 수 없다는 표정을 짓고 있었다. 또한 케이의 밑에 있던 카림이었기에 그에 대해서도 의심의 눈길을 거두지 못하는 자들도 있었다.

디아고처럼 그들을 이끌고 의견을 하나로 몰아줄 사람이 필요했다. 그러나 그것이 카림은 아니었다. 원로들 중에 누군가가 그 역할을 맡아 지금의 카림이 나타난 상황을 정리해주어야 했다.

바로 그때, 어둠 속에서 또 하나의 목소리가 들려왔다.

"아직 우리의 전쟁은 끝나지 않은 것 같군요."

그 말과 함께 그들 앞에 모습을 드러낸 이는, 바로 니켄지 원로였다.

에필로그

  제루카의 장례를 마친 케이는 부대로 복귀했다. 그런 그를 맞이해준 건 어린 시절에 데라크스의 대저택에서 만났었고, 지금은 군인 신분으로 케이의 직속 부하가 된 아리아 소령이었다.

  "대령님, 잘 다녀오셨습니까?"

  아리아 3세는 어머니의 반대를 무릅쓰고 기어이 입대의 길을 택했다. 그리고 가문의 힘을 이용해 케이의 부대에 배치받았다. 어린 시절 케이의 모습을 보며 호감을 키운 아리아는 성인이 되어서도 그에 대한 동경을 품고 있었다. 그런 그녀의 감정은 케이가 시스 행성에서 자신의 재판 결과를 뒤집었을 때 더욱 커졌다. 데라크스가 각색한 내용은 자신의 자비를 강조하고 있었지만, 영리한 아리아는 그 일

화에서 오히려 죽음의 공포와 담대하게 맞선 케이의 용기와, 그런 와중에도 현명하게 군중들을 설득한 그의 능력에 더 감화되었던 것이다.

케이를 향한 그녀의 마음에는 테라륨 실험 조차 장애가 되지 않았다. 그의 부대에 합류하려면 당연히 그 실험을 받아야 했기에 그녀는 서슴지 않고 실험에 참가했다.

그리고 그 결과 케이를 바로 옆에서 보필할 수 있게 된 것이다.

"응. 볼일은 잘 마쳤네."

하지만 아리아는 케이의 표정이 마음에 걸렸다.

"안색이 좋지 않으십니다. 무슨 일이 있으셨던 겁니까?"

케이는 잠시 망설이다가 아리아에게 솔직하게 대답했다.

"실은… 숙부가 돌아가셨어. 장례를 치렀는데 생각보다 힘들군."

"장례 절차는 군에서 충분히 도와주지 않습니까?"

"응. 절차가 힘든 게 아니라… 마음이 좀 그런 것 같아."

평소라면 자신의 마음을 이렇게 솔직하게 털어놓을 케이가 아니었지만 루의 죽음이 그를 심리적으로 무척 힘들게 하고 있었기에, 그는 마음을 열어보일 수밖에 없었다.

"그렇게 좋아하던 분은 아니었는데… 어쨌든 내 목숨을 여러 번 구했고, 나를 위해 많은 걸 해주셨어. 죽든 말든 상관 않으려고 했는데… 이젠 미워할 수도 없다고 생각하니까…….”

케이는 모자를 벗고 고개를 숙여 흐느꼈다.

“미안하네… 이런 모습을 보여서…….”

아리아는 말없이 다가와 케이를 안아주었다.

“혹시… 애도는 하셨나요?”

“그건 어떻게 하는 거지?”

“저마다의 방식이 있죠. 저희 가문에는 애도를 위해 소중한 것을 태우는 전통이 있습니다.”

“소중한 것을 태운다고?”

“네. 함께 한번 해보시겠습니까?”

두 사람은 밤하늘이 펼쳐진 건물 옥상으로 함께 올라갔다. 케이의 손에는 시스 행성을 떠날 때 입었던 사관학교의 군복이 들려 있었다.

“시작할까요?”

아리아가 케이를 바라보며 물었다. 케이가 말없이 고개를 끄덕이자 아리아는 애도 주문을 외기 시작했다. 케이가 알아듣지 못하는 아리아 가문의 고대 언어였다. 그녀가 주문을 다 외고 케이의 손에 든 군복에 손을 대자, 하얀 불이 솟아올랐다.

"······!"

깜짝 놀란 케이가 군복에서 손을 떼자, 군복은 허공을 자유롭게 유영하기 시작했다. 마치 영혼이 하늘로 올라가듯 공중을 부유하던 하얀 불꽃은 조금씩 작아지다가 높은 곳에서 점처럼 작아지며 소멸했다.

"이제 숙부님은 편안하게 잠드실 겁니다."

"정말 그럴까?"

케이는 불꽃이 사라진 하늘을 바라보며 물었다. 정말인지는 알 수 없었지만, 그녀의 말처럼 자신의 마음속에 남아 있던 죄책감과 찜찜한 감정들이 불꽃처럼 타버리며 하늘로 날아간 느낌이었다.

"저는 먼저 가보겠습니다. 대령님은 여기서 감정을 좀 더 추스르고 내려오시죠."

그 말을 남긴 아리아는 케이를 남기고 돌아가려고 했다. 하지만 케이의 목소리가 다시 그녀를 붙잡았다.

"아리아."

"네?"

케이는 그녀를 불러놓고는 한참 동안 아무 말 없이 그녀의 얼굴을 바라보았다. 새까만 밤하늘 아래, 하얀 그녀의 얼굴이 반사된 달빛에 신비롭게 빛나고 있었다.

"무슨 할 말 있으십니까?"

아무 말 없이 자신을 바라보는 케이에게 아리아가 다시 물었다.

"고맙네."

얼어붙은 것처럼 가만히 있던 케이가 간신히 그 한마디를 던졌다.

"아닙니다, 도움이 필요하시면 언제라도 말씀해주십시오."

아리아는 다시 한번 케이에게 경례를 하고 돌아갔다. 그녀가 사라진 후에도 케이는 그녀가 서 있던 자리를 한참 동안 바라보고 있었다.

제루카의 죽음을 접한 뒤, 자신이 느꼈던 감정의 얽힘 중에 가장 강력한 한 가지가 무엇인지 케이는 그때 깨달을 수 있었다.

외로움이었다.

부모를 잃고 노아마저 잃고 난 뒤 세상에 그의 편을 들어줄 사람은 아무도 남지 않았다. 하지만 그럼에도 불구하고, 그는 단 한 번도 세상에서 혼자라는 생각을 해본 적이 없었던 것 같았다. 그는 제루카를 전혀 사랑하지 않았지만, 그가 자신을 떠난다는 생각은 단 한 번도 해본 적이 없었다. 그가 부모의 원수든, 자신의 후원자든 언제나 자기 곁에서 자신을 지켜보고 있을 거라는 것. 그것은 불안으로 가득했던 그의 삶에서 절대 변하지 않을 가장 안정적인 사실 중 하나였다.

그런데 제루카가 세상을 떠났다.

이후 내내 케이를 괴롭힌 것은 마침내 이 세상에 자신이 혼자 남겨졌다는 느낌, 자신을 위해줄 사람은 아무도 남아 있지 않다는 상실감이었다. 그것이 그를 이렇게 힘들게 만들었던 것이다.

하지만 지금은 아니었다. 아리아가 애도의식을 치러주었을 때, 하얀색 불꽃과 함께 그의 외로움도 함께 사라지는 느낌을 받았다. 케이는 마지막에 자신을 돌아보던, 아리아의 빛나던 얼굴을 떠올렸다. 자신의 외로움이 가신 건 그녀가 해준 애도 의식 덕분일까? 그의 심장은 그것 때문이 아니라고 말해주고 있었다.

2020년 신세계그룹이 설립한 마인드마크는 장르와 미디어를 넘나드는 앞서가는 크리에이티브 콘텐츠 스튜디오입니다. 영화, 드라마, 공연, 전시 그리고 출판에 이르기까지 마인드마크만의 오리지널 스토리로 전 세계 사람들과 만납니다. 마인드마크는 사람들의 마음과 기억(마인드)에 오래도록 남는 감동이자 잊지 못할 경험(마크) 그 자체입니다.

제3지구 Vol. 2
© 윤재호 & 마인드마크 2025

초판 인쇄 2025년 9월 30일
초판 발행 2025년 10월 13일

지은이 윤재호
스토리IP팀장 서언중
책임편집 원예지
편집 이어원

디자인 표지 김형균 본문 2NS
마케팅 서언중 원예지
제작처 영신사

발행처 ㈜마인드마크
출판등록 2024년 5월 9일 제2024-138호
주소 (06015) 서울 강남구 선릉로162길 35(청담동)
전화 02-2280-1301 **팩스** 02-2280-1398
이메일 mindmark-story@shinsegae.com

ISBN 979-11-994501-0-3(04810)
　　　979-11-988149-8-2(세트)